讲好中国故事 传承中国智慧

——杨朝明

中国经典故事（中）

韩品玉 张金霞 主编

山东城市出版传媒集团·济南出版社

图书在版编目（CIP）数据

中国经典故事：全3册/韩品玉，张金霞主编. ——济

南：济南出版社，2017.5

ISBN 978 - 7 - 5488 - 2532 - 6

Ⅰ.①中… Ⅱ.①韩…②张… Ⅲ.①民间故事 – 作品

集 – 中国 Ⅳ.①I277.3

中国版本图书馆 CIP 数据核字（2017）第 084502 号

出 版 人	崔　刚	
丛书策划	冀瑞雪	
责任编辑	冀瑞雪	
	冯文龙	
装帧设计	张　倩	

出版发行　济南出版社（250002）

地　　址　济南市二环南路 1 号

电　　话　0531 – 86131747（编辑室）

　　　　　　86131747　82772895　86131729　86131728（发行部）

印　　刷　日照昆城印业有限公司

版　　次　2017 年 5 月第 1 版

印　　次　2017 年 5 月第 1 次印刷

开　　本　160mm×220mm　16 开

印　　张　31.5

字　　数　300 千字

印　　数　1 – 8000 册

定　　价　98.00 元（全三册）

谷子》就阐述了鬼谷子智术在商战中的实用价值。《鬼谷子》与《战国策》完全可以作为口才训练与策划谋略理论与实践的教科书。纵横家的这份历史遗产还有待后人充分挖掘。

本书没有对纵横家过多地做学理上的探讨。诸如苏秦和张仪的时代先后问题、《史记》《汉书》《战国策》与出土《纵横家书》记载的异同问题,还有其他诸多学理方面的谜团,本书并未尝试加以解决。

如今,市场争夺战、人才争夺战、贸易大战……此伏彼起,异常激烈。其惊心动魄的程度,不亚于秦、赵长平之战。在这些无休止的"战争"中,最后鹿死谁手,由谁来一统天下,靠的是什么呢?

大家不妨翻翻这本小书,看看纵横家们是怎样出奇制胜的。也许,它能让你领略到丰收的喜悦,品尝到智慧的果实。

汉唐书局

编委会

目 录

1. 陶侃搬砖

东晋时，有个大将叫陶侃（kǎn）。他在州府没有政事时，总喜欢做一件怪事：每天早上，把百十块砖头搬出屋子，天黑了再搬回去。

部下们觉得很纳闷儿，都悄悄议论："将军是不是跟砖头有仇啊，怎么老跟它过不去呢？""是不是平时太闲了呀"……

　　一天晚上，天降大雨，电闪雷鸣，大家都躲在屋子里，不敢出门。有个部下冒雨去向陶侃汇报情况，发现他仍在搬砖。

　　听完汇报，陶侃见部下脚步迟疑，似乎不愿离开，便问："还有什么事情吗？"部下支支吾吾地说："将军，您为什么总跟砖头过不去呀？搬来搬去有什么意思呢？"

　　陶侃一听，哈哈大笑说："原来是这件事呀！"他指着地上的砖，继续说："收复中原是我的使命，而过分安逸的生活，会慢慢消磨我的斗志。我这样做，正是为了激励意志，增强体质，不忘使命！"

　　部下一听，钦佩不已。从此，陶侃搬砖励志的故事，便四处传扬。

　　陶侃一生励精图治，自强不息，为稳定东晋政权，立下了赫赫战功，为世人所赞誉。

——出自《晋书·陶侃传》

2. 闻鸡起舞

祖逖（tì）是晋代的大将军。他从小就失去了父亲，但却树立了远大的志向。

长大后，祖逖和同窗好友刘琨在一起做官，两人同吃同住，志同道合，经常在一起讨论国家大事。

一天夜里，睡得正香的祖逖被公鸡的打鸣声叫醒了。想到自己的理想，祖逖一骨碌从床上爬起来，浑身充满了力量。他扭头看见

刘琨还在熟睡，就踹了他一脚，说："公鸡都打鸣了，我们赶紧起床练剑吧！"

于是，两人在院子里摆开架势，练了起来，一招一式，极其认真。当时天还没有完全亮，半昏半明的院子里，只听见宝剑交错的声音铿锵不绝，不时还有寒光飞闪而过。远处传来三三两两的鸡鸣声，此起彼伏。两人专心练剑，如痴如醉。

从那以后，无论寒冬还是酷暑，祖逖和刘琨只要一听到鸡叫，就起床练剑，从不懈怠。

功夫不负有心人。后来，祖逖和刘琨都做了将军，实现了报效祖国的愿望。

——出自《晋书·祖逖传》

3. 乘风破浪

宗悫（què）是南北朝时南阳人，自小不擅长读书，就爱练习武术。

这天，宗悫的叔父宗炳（bǐng）来看他，还没进家门，就听到小宗悫"嘿哈，嘿哈……"的声音，进门一看，原来是在练武。宗悫因太过专注，都没看到叔父进来。宗炳停住脚步，喊了一声："悫儿！"宗悫一愣，见叔父来了，高兴地跑到叔父面前，恭敬地行礼。

宗炳摸着小宗悫的头说："你这么小就舞刀弄棒，伤着自己怎么办？等长大了再练吧。"宗悫不认同叔父的说法："我现在不小了，

可以练武，不会伤着的。"

宗炳哈哈一笑，问他："好，那叔父问你，你的志向是什么呀？"宗悫噘着小嘴儿想了一会儿，非常肯定地说："叔父，悫儿长大后，愿乘长风，破万里浪！"说完，当着叔父的面，手持棍棒，跳起身挥舞了一下，"嘿——哈！"。

宗炳既惊讶，又高兴，赞许道："好悫儿，有志气！叔父敢肯定，只要你肯下苦功夫，将来必成大器！"宗悫备受鼓舞，用力地点了点头。从此，宗悫对习武更加用心，每天苦练。终于，他练就了一身好武艺，有胆有勇，成为南北朝时赫赫有名的大将军。

——出自《宋书·宗悫传》

4. 顾欢向学

顾欢是南朝吴郡人，从小就爱学习。可家里实在太穷，根本没办法念书。顾欢很不甘心。

有一天，顾欢从学堂经过，听到老师上课的声音，突然灵机一动："学堂外边同样也可以学习啊！"

顾欢偷偷跑到学堂后面，倚着墙壁，认真地听老师讲课。有时听到老师讲到精彩之处，他竟忍不住拍手叫好。经过的人都以为这

孩子学傻了。顾欢全不理会，照旧开心地学着。

晚上，家里点不起油灯，无法做老师布置的作业，他有些郁闷。突然，他想到："屋后山坡上长了那么多松树，我为什么不拾点松枝来当'灯油'呢?"

顾欢兴高采烈地跑上山坡，一根一根地捡拾松枝，不一会儿就捡了一大筐。回到家，他迫不及待地点燃松枝，借着火光读书。可松枝燃烧时烟太大，每次都呛得他咳嗽不止，鼻孔里也满是烟灰，时不时地总想打喷嚏，读一会儿就得出去喘口气。不过，顾欢一想到有"学"上，有书读，心里就美滋滋的。

同乡的顾恺（kǎi）之知道顾欢求学的事情后，既诧异又佩服，就让他和自己的孙子顾宪之一块儿学习。顾欢非常珍惜这个机会，更加勤奋刻苦，后来，最终成为当时有名的学者。

——出自《南齐书·顾欢传》

5. 沈麟士织帘诵书

　　南朝时，有位少年叫沈麟（lín）士，父母双亡，独自生活。每天鸡一打鸣，他就早早地起床，背上竹筐，去屋后的山坡上砍竹条，回家后编竹帘，以此维持生计。

　　这天上午，沈麟士坐在屋门口，一边编竹帘，一边读书。他的左边，放着削好的竹条；他右边的凳子上，放着正在诵读的书。他目不转睛地盯着书，一字一句地读着、背着。左手摸索着竹条，摸着摸着，"呀！"他大叫了一声。原来，一根尖尖的竹条划破了他的手指头。他赶忙捂着流血的手指，跑到屋里，用破布条包扎起来。

　　隔壁奶奶刚好看到了这一幕，她拉着沈麟士的手说："孩子，真是苦了你了。你要有什么难处，尽管跟奶奶说，不要太委屈自己了。"沈麟士把奶奶让到床边坐下，说："奶奶，您不用担心。我依靠自己的双手，完全能够养活自己。"奶奶爱怜地摸着他的头说："你真是个要强的孩子。"

　　就这样，沈麟士手不释卷，勤奋苦读，终于学有所成，成为一位博通经史的大学者。人们听说他"织帘诵书"的事迹后，便称他为"织帘先生"。

——出自《南史·沈麟士传》

6. 陆羽弃佛从文

唐代有个人叫陆羽，小时候被父母遗弃在河边。智积禅师捡到他，就把他带回寺庙抚养，并教他读书习字。

有一天，智积禅师把陆羽叫到跟前，说："孩子，从今天起，你跟我学习佛法。等我老了，就由你来继承我的衣钵。"陆羽一听，使劲地摇头，说："我才不学佛法呢，我要学文学。"

智积禅师向来对佛法非常推崇，容不得别人无视它，当即发火："世道这么乱，学文学有什么用！我不给你纸笔，看你怎么学！"陆

羽也很生气，噘着嘴气呼呼地跑了。他边跑边想："没有纸笔，我也要想办法学习！"

陆羽在院子里扫地，看着扫帚，就把它想成了大毛笔。于是，他不由自主地在地上"扫"起了字，顺着汉字的笔画，扫着"横竖撇点捺"。这样扫来扫去，他写字的功夫也在不断提高。

扫完地，陆羽又赶着几头牛，来到山坡上。望着牛儿，他自言自语地说："牛儿，牛儿，我要是能有纸和笔，那该多好啊！"他抚摸着光滑的牛背，突然灵机一动："对啦，我可以在牛背上写字呀！"陆羽兴奋地拾起一根小竹棒，骑上牛背，在上面刷刷地写起字来。

就这样，陆羽凭着自己的志气和兴趣，勤学苦练，学问不断提高，逐渐有了名气。皇帝多次召他做官，他都没有赴任。陆羽对茶极有研究，最后写成《茶经》，因此他也被世人称为"茶圣"。

——出自《新唐书·陆羽传》

7. 韩建识字

唐朝末年，有个武将叫韩建，他从小没念过书，别人常笑话他大字不识一个。韩建觉得很羞愧，于是暗下决心："我得好好读书识字，改变大家对我的看法。"于是他说干就干，先找人在纸条上写好字，然后把纸条贴在家里的大小家具、器皿上。一时间，屋里屋外"飞"满纸条：桌子上粘个"桌"字，床头上贴个"床"字，酒壶上有个"壶"字，酒杯上有个"杯"字……不落下任何一件。

一天，韩建的朋友来拜访他，老远就看到他在屋里，叫了好几声却不见回应。朋友觉得奇怪，只见韩建一会儿拿起酒壶瞅了又瞅，

一会儿又弯腰趴到桌底下。

朋友来到屋内，看到里面的景象，吃惊地问："你这是摆得什么军阵啊?"韩建吓了一跳，回头见是朋友，笑着说："哪是什么军阵，我在认字儿呢。"说着，他从桌下爬出来，把自己识字的缘由，一五一十地跟朋友道出。

朋友听后，非常佩服韩建善于苦学的毅力。

就这样，韩建一遍一遍地看，一次一次地比对字形和实物，通过自创的土办法，学会了越来越多的字，并且开始慢慢阅读兵书和史书。

终于，韩建凭借这种自立坚韧的精神，从一名只会打仗的武将，成长为一名文武兼备的将领。

——出自《新五代史·韩建传》

8. 厉归真画虎

五代后梁时期，有一位画虎名家，叫厉归真。他从小喜欢画画，尤其爱画虎。可人们总笑他画的老虎没有生气，像只死老虎。他很不服气，心想："我一定要画出真正的虎气来！"

厉归真找到老猎户，打听到老虎经常出没的地方。当天晚上，他就背上行囊，只身一人来到山里。在一棵大树杈上，搭了个简易

的棚子，藏在里面观察。

半夜，厉归真趴在树上听动静。忽然间，地动山摇，紧接着一声怒吼，震得他耳朵发麻。还没等他缓过神儿来，"嗖"地一下，眼前一闪，一只花斑猛虎就落到了他面前。

一切都发生得太快，厉归真眼都没来得及眨一下，不禁失声赞叹："妙啊！这才是我要寻找的虎气呀！"

他只顾着观察，全然忘了老虎正在他面前，要不是猎人来得及时，他可能已成为老虎的晚餐了！

厉归真一连在山里呆了好几天，把老虎怎么跑跳、怎么咆哮、怎么捕食，甚至连最细小的动作变化都一一画下来，足足画了一百多张草图。他还嫌不够，又从猎人那里买来虎皮，套在自己身上，学着老虎的架势，在院子里蹦来跳去，翻腾怒吼，以此来揣摩虎意。此后，厉归真的画虎技法突飞猛进，笔下的老虎栩栩如生。最终，他成为中国历史上著名的画虎高手。

——出自《德隅斋画品》

9. 磨穿铁砚

桑维翰是五代后晋时的读书人，小时候，因为姓"桑"，加上相貌丑怪，经常遭人调侃。但他胸怀大志，一心要考取进士，出将入相。

一天清早，桑维翰来到书房，展开书本，拿出纸笔，准备研墨书写。看着桌上的铁砚台，他不禁想起了上次进士考试的情景。

原来，桑维翰曾去参加进士考试。不料，主考官迂腐迷信，拿着他的考卷，厌恶地说："'桑''丧'同音，太不吉利了！他肯定

写不了好文章!"就这样,桑维翰名落孙山。

听说了落榜的原因,桑维翰非常气愤。朋友劝他:"你还是不要考进士了,试一试其他方法,能不能做官。"他斩钉截铁地说:"不,我决心已定,非中进士不可!"为了表明志向,他专门找人打造了一个铁砚台,并举着砚台对朋友们说:"除非这个铁砚台被磨穿,否则,我决不放弃!"

桑维翰收回思绪,研好墨,手握毛笔,在铁砚台里蘸了墨汁,认真地写起来。就这样,他夜以继日地钻研文句,天天写,时时练,文章越写越好,篇篇精彩,字字珠玑。

转眼又到了进士考试的时间,桑维翰凭借自己的文采,震惊全场。曾经奚落过他的那位主考官,读了他写的文章后,也佩服得五体投地。桑维翰考中了进士,在朝中担任重要官职,最后做到中书令兼枢密使。

——出自《新五代史·晋臣传》

10. 断齑画粥

范仲淹小时候独自在应天府求学，生活十分困难。有一天，他看着快要见底的米缸，犯了愁。怎样解决粮食问题呢？思来想去，他想出了一个妙招儿。范仲淹从米缸中取出一些米，添上水，在小灶里煮上一小锅粥。粥煮好后，放置一晚上，让它凝结成块儿。然后，他小心翼翼地在粥上画个十字，分成四块，早、晚各取两块来吃。看着自己的劳动成果，范仲淹心里乐开了花。就这样吃了几天，他越来越觉得没有滋味，心想："要是有点菜就好了！"他向窗外望去，见一棵小草随风摇晃。"有了！田里不是有很多野菜吗？正好可

以作下饭的菜，还能帮我解决粮食问题。"

想到这儿，范仲淹立刻背上竹筐，来到田里。只见漫山遍野的野菜，有苋菜、苦菜，有荠菜、野韭菜，还有野葱、野蒜等。他喜出望外，采啊采，不一会儿就采了一大筐。

回到家，范仲淹拿出野菜，洗干净后，切成碎末，加入一点点盐，搅拌搅拌，放到粥里，然后有滋有味儿地吃了起来。古时侯把酱菜、腌菜等称为"齑（jī）"，人们因此把范仲淹勤学苦读的事迹概括为"断齑画粥"。

这种薄粥野菜的苦生活，旁人实在无法忍受，但范仲淹并不觉得苦，反倒以此为乐。他凭着这股吃苦耐劳的精神，勤奋攻读，最终成为令人敬仰的大文学家。

——出自《湘山野录》

11. 凿壁偷光

西汉时候，有个孩子叫匡衡。他非常喜欢读书，但是由于家里穷，买不起书，只好借书来读。

村里的一个大户人家有很多书，一天，他家要招干活的伙计。匡衡听说后就去了。主人问匡衡："你一个月要多少工钱？"匡衡回

答说："我干活，不要一分钱。"见主人十分惊奇，匡衡补充道："只要您让我借您家的书看就行。"主人听后就答应了。

从此以后，匡衡在干活之余，经常手捧书本，认真地阅读。

这天，匡衡干完活回到家时，天色已晚。想起白天没读完的书，他没有一点儿睡意。隔壁有钱人家灯火通明，可是自己家里黑漆漆的，没法看书。这时，匡衡忽然灵机一动，想出一个办法。他拿来锤子和凿子，在自己家一侧的屋墙上凿了个小洞，隔壁的灯光一下子就透了进来。匡衡高兴极了！他借着这微弱的灯光，津津有味地读起书来。

匡衡热爱读书，坚持不懈，终于学有所成，做了汉元帝的丞相。

——出自《西京杂记·卷二》

12. 王充书肆苦读

王充很小的时候，父亲就去世了，他和母亲相依为命。王充非常喜欢读书，但是由于家境贫寒，根本买不起书。

后来，王充离开家，到京城的太学读书。在洛阳这座繁华的都市里，他最喜欢的地方，就是学校旁边那个安静的书肆。王充对书籍非常痴迷，爱不释手，经常废寝忘食地读书。每天放学后，他就到书肆里找一个不起眼的角落，如饥似渴地阅读。

在书肆里，为了能多看一些书，王充不断提高阅读速度，以最

短的时间认真读完一本书，并在心里牢牢地记住所读的内容。就这样，经过日复一日、年复一年的阅读，他竟然练就了一目十行、过目不忘的本领。而且，他善于思考，不墨守成规，对前人的观点，经常能提出自己的看法。

王充勤奋学习，博览群书，后来终于成为一位著名的学者，撰写了巨著《论衡》。

——出自《后汉书·王充传》

13. 管宁割席

东汉末年，管宁和华歆（huà xīn）在一个学堂读书，他们俩整天形影不离，总是一起吃饭、休息，连学习都坐在同一块席子上。一次，他们正各自捧书专心诵读。忽然，从外面传来一阵喧嚣声，原来是一辆豪华的马车从街上经过，人们的惊叹声、称赞声不绝于耳。

华歆忍不住放下书，踮着脚从窗口往外看，边看边惊呼："好漂亮的马车啊！"又回头招呼管宁："喂，管宁，快来看！"管宁丝毫不为所动，依然安静地读书，好像什么也没发生。华歆不再理会管

宁，自顾自地跑出去，追着马车观看。

马车渐渐走远了，观看的人群也散开了。华歆回来时，发现席子已被管宁割成了两半，他不解地问："你这是干什么？"管宁认真地说："见到豪华的马车，就扔下书本去观看，怎么能读好书呢？我不想要你这样的朋友！"

后来，魏文帝曹丕建立魏国，封管宁为太中大夫，魏明帝又封他为光禄勋，但管宁都没有接受。他一心研究学问，教化百姓，成为当时著名的大学者。

——出自《世说新语·德行第一》

14. 曹冲称象

东汉末年，孙权送给曹操一头大象。曹操很好奇，想知道大象的重量。

大家都皱起了眉头："这个庞然大物，怎么称它的重量呢？"

一个人说："要不我们造一杆大秤，把大象挂在秤上称一称？"

大家马上反驳："即使造出一杆那么大的秤，谁又有那么大的力气把秤提起来呢？"

又一个人建议说："要不咱们把大象宰了，切成小块来称？"

大家觉得更不妥："把大象杀死？太可惜啦！"

就在众人一筹莫展的时候，从人群中走出一个五六岁的小孩儿。大家一看，原来是曹操最喜欢的儿子曹冲。

曹冲说："父王，我有一个办法，可以不用杀死大象，就能称出它的重量。"

面对众人疑惑的目光，曹冲把小手往身后一背，说："请大家先把大象赶到船上。"然后又吩咐道："在船身与水齐平的地方，画一个记号。"做好记号后，小曹冲又命人把大象从船上赶下来，然后把河边的一堆石头搬到船上。由于加了石头，船开始下沉。等刚才做记号的地方跟水面齐平时，曹冲喊了一声："停！"然后报告父亲说："把这些石头的重量称出来，就是大象的重量。"

众人这才明白过来，纷纷称赞曹冲是个"小神童"。曹操见儿子不仅头脑聪明，而且指挥自如，十分高兴，从此更加喜欢这个聪明的小曹冲了！

——出自《三国志·魏书·曹冲传》

15. 孙坚智勇退盗

东汉末年，吴郡有个少年叫孙坚，智勇双全，胆识不凡。

十七岁那年，孙坚跟着父亲乘船去钱塘县。行到半路，碰上一群海盗抢劫，并在岸上分赃。来往船只上的商人，见到这个场景，都吓得不敢向前行驶。岸上的行人，见海盗们拿着大刀，吵吵嚷嚷地分东西，也都躲到一旁不敢说话。

看到这种情景，孙坚气愤地对父亲说："这帮强盗太猖狂了！我去把他们拿下！"父亲急忙拦住他说："你一个小毛孩儿，势单力薄

的，怎么能打得过他们?"孙坚坚态度决地说:"父亲放心，孩儿自有妙计!"说完，提着刀，大步向岸上走去。

来到岸边，孙坚一边走，一边用手向东向西地比画着，好像正在部署人马，对海盗包抄围捕。海盗们望见气势威武的孙坚在调配人马，都以为官兵来了，慌忙扔下财物，四处逃窜。

孙坚趁此机会，立即追上去，抢起大刀，一下就砍死了一个海盗。他的父亲十分震惊，周围的人也都纷纷拍手，称赞他是位有勇有谋的好少年。

——出自《三国志·吴书·孙破虏讨逆传》

16. 孙权劝学

东汉末年，鲁肃路过寻阳，见到了武将吕蒙。从二人交谈中，鲁肃发现吕蒙出口成章，不由得惊叹："我本以为老弟只懂武略，现在看来，你学识渊博，再也不只是一介武夫了！哪位高人指点了你呢？"

原来，吕蒙从小没上过学，没什么文化。一天，孙权对吕蒙说："你现在是独当一面的大将军了，不能不学习啊！"吕蒙一听"学习"两个字，就为难地说："您也知道，我军务繁忙，每件事情都需

要过问，恐怕挤不出时间啊！"

孙权听了，笑着说："你有我忙吗？不管多忙，我每天都要抽时间读书学习。况且，我只是让你多读一些书，能从中得到点儿启发罢了，并没有要求你成为专家学者啊！"然后，孙权向吕蒙推荐了《孙子》《史记》等书，并嘱咐说："读书的时间，总是要自己去挤的。从前光武帝刘秀行军打仗时，都拿着书不肯放下呢。你更应该趁着年轻多读些书才对呀！"

就这样，吕蒙回去便开始学习识字，学习知识，书不离手，坚持不懈，终于学有所成，让人们刮目相看。后来，吕蒙进献奇计，和陆逊一起打败蜀军，为东吴取得了荆州。

——出自《三国书·吴书·吕蒙传》

17. 添字得驴

诸葛瑾，字子瑜，是东吴的大臣，因为脸很长，经常被人取笑。他有个儿子叫诸葛恪（kè），既聪明又孝顺。

一天，朝廷大宴群臣。正喝得高兴时，孙权见诸葛子瑜面无表情，就想跟他开个玩笑，于是悄悄跟身边的侍卫说了几句话。侍卫听完，点了点头就出去了。

过了一会儿，侍卫牵了一头驴进来。众人不明白什么意思，仔细一看，驴脸上贴着一张纸，上面写着"诸葛子瑜"四个字。看到这儿，众人都忍不住哈哈大笑起来，孙权也笑得前仰后合。诸葛子

瑜知道众人是在取笑自己脸长，羞得满脸通红，但又不能发火。坐在父亲旁边的小诸葛恪看到这一幕，愤愤不平，但在大庭广众之下，他没有莽撞行事，而是朝孙权跪下说："请您赐笔给我，我想再加两个字。"

孙权定睛一看，是个乳臭未干的小毛孩，心中惊奇，就答应了他的请求。诸葛恪从容不迫地接过笔墨，在那张纸上添了两个字——"之驴"。

这样，纸上的字就变成了"诸葛子瑜之驴"。众人又都会心地笑起来。诸葛子瑜见儿子替自己解了围，十分欣慰。孙权也觉得这个孩子既聪明又机智，就将这头驴赏给了他。

后来，诸葛恪成为吴国的一员大将，很受赏识和重用。

——出自《三国志·吴书·诸葛恪传》

18. 王戎巧识苦李

王戎（róng）是西晋名士，从小就很聪明，善于观察思考。

有一天，他和小伙伴们一起玩耍。突然，他们在道路旁边发现了一棵李子树，只见树上结满了又大又红的李子，几乎要把枝条压断了。

想到李子甜美的味道，小伙伴们都流下了口水。一个孩子喊道："大家快去摘李子吧！"其他小伙伴们都争先恐后地往树上爬。王戎则静静地站在原地看着他们，一动不动。

正好有个路人经过,看到了这一幕,就好奇地问王戎:"你怎么不去摘李子啊?"王戎平静地回答:"这李子肯定是苦的!不然,李子树长在大路边上,而且李子都成熟了,怎么会没有人摘呢?"这时,最先摘到李子的小伙伴"呸"了一声,皱着眉头喊道:"真苦啊!"立马将咬了一口的李子扔掉了。不一会儿,另外几位吃了李子的孩子也"哇哇"直吐。

王戎说的果然没错,连路人都对他竖起了大拇指,夸他是个善于观察思考的好孩子。

——出自《世说新语·雅量》

19. 车胤囊萤

晋代有个叫车胤（yìn）的孩子，聪明伶俐，十分喜爱读书。但是因为家境清贫，用不起油灯，天色一晚，就不得不放下书本。因为晚上读不到想看的书，车胤为此十分苦恼。

夏天的一个傍晚，院子里非常热闹。空中的萤火虫拖着一盏盏"小灯笼"，时隐时现，吸引着孩子们竞相追逐。只有车胤一个人没有加入其中，他眼睛看着小伙伴们玩耍，心里却在想着如何才能读到书的事。

忽然，车胤一拍脑袋，有了主意，答案就在这些闪着亮光的小精灵身上——每个萤火虫都闪着一点光，如果多抓些放在一块儿，不就成了一盏灯了吗？想到这儿，车胤兴奋起来，他找来一个白色的绢袋，加入了捕捉萤火虫的队伍，每捉到一只萤火虫，就放进袋子里，很快他就抓了大半袋。

回到屋里，车胤把绢袋系好，拴在桌子上，借着萤火虫发出的这点光亮，如饥似渴地读起书来。

就这样车胤读的书越来越多，懂得的知识也越来越多。后来，因为博学多闻，朝廷任用他为护军将军、吏部尚书。

——出自《晋书·车胤传》

20. 孙康映雪

晋代有个年轻人叫孙康，喜爱读书。但由于家境贫寒，上了没几年学就不得不离开学校，回家帮忙干活。

虽然不能上学，但孙康依然保持着读书的好习惯。在劳动之余，他经常手捧书本，如饥似渴地读书。

冬天的一个傍晚，孙康干活回到家，吃过晚饭后，天已经黑了。由于天气寒冷，家人都去睡觉了，只有孙康躺在床上，怎么也睡不

着。他想："少年正是读书时！自己正当读书的最好时光，却整天都不能读书，白白辜负了大好时光。"于是他裹了裹身上单薄的被子，呆呆地看着窗户，叹了口气。

过了一会儿，孙康感觉窗外越来越明亮了。他披上衣服，推开门一看，天地之间银装素裹，原来是下雪了。鹅毛大的雪片铺天盖地，把窗口都映亮了！孙康想，这么亮的积雪，一定能照清楚书上的字。他兴奋地拿起书，来到院子里，借着白雪映出的光，专心致志地读起书来。他读得入迷，尽管衣衫单薄，却丝毫不觉得寒冷，一直读到半夜三更才去睡觉。

就这样，孙康坚持刻苦读书，终于成为一个有学问的人，受到人们的尊敬。

——出自《艺文类聚》

21. 郭伋夜宿野亭

东汉光武帝时期，有个叫郭伋（jí）的官员。他担任并（bīng）州太守时，经常去下属的县里考察民情。

有一次，途经美稷县时，郭伋看到，道路两旁聚集了很多骑着竹马的小孩儿。他很好奇，下马问道："孩子们，你们聚在这儿干什么呢？"小孩儿们热情地回答："大人，我们听说您会经过这里，于是相约来欢迎您！"郭伋听后，十分感动，对孩子们鞠了一躬，来表达自己的谢意。

在美稷（jì）县巡视完民情后，郭伋准备前往下一个地点。临行前，他发现闻讯赶来的孩子们，早已在城门外等候着他。孩子们问郭伋："大人，您什么时候再来我们这里呀？"郭伋便向随从询问了返程的日期，与孩子们约定好见面的时间。

郭伋返程时，路过美稷县的时间比原定日期早了一天。当他想到与那些孩子们的约定时，便命令属下："在县城外的野亭留宿一晚，明日进城。"第二天，郭伋与孩子们如约相见。

郭伋对小孩子都说到做到，可见他的确是一位信守承诺的父母官啊！

——出自《后汉书·郭伋传》

22. 一饭千金

　　西汉大将军韩信，年轻的时候，游手好闲，不务正业，生活很贫困，只能寄人篱下吃闲饭。时间一长，当地的人们都非常讨厌他。曾经一连数月，他都赖在乡里的亭长家蹭饭吃，亭长的妻子厌恶他，不给他做饭。他一气之下，离开了家乡。

离开家乡后，韩信没有别的地方可去，饿的时候，便到河边去钓鱼。因为经常钓不到鱼，他总是吃了上顿没下顿。

有几位老婆婆经常在河边洗衣服。其中一位老婆婆非常善良，见韩信孤零零一人，没有饭吃，就在吃饭的时候，把自己的饭菜匀一些给他。一连几十天都是这样。

韩信十分感动，他郑重地对老婆婆说："等我以后功成名就了，一定重重地回报您的恩德！"听了韩信的话，老婆婆很生气，她说："男子汉大丈夫，不能自己养活自己，有什么用？我是可怜你才给你饭吃，难道是指望你回报吗？"韩信惭愧地低下了头，心中暗暗发誓："我一定要奋发图强，成就一番功业，不能做让别人瞧不起的可怜虫！"

后来，韩信跟随刘邦打天下，成为汉代的开国功臣，被封为楚王。韩信到了封地，派人找到当年给自己饭吃的那位老婆婆，并亲自上门，送上黄金千两，郑重地表示感谢，兑现了自己曾经许下的诺言。

——出自《史记·淮阴侯列传》

23. 乐羊子妻还鸡

河南有个人叫乐（yuè）羊子，常年在外求学，留下妻子和母亲在家耕田织布。

乐羊子家里很穷，买不起肉。有一天上午，邻居家的鸡跑进了自家的院子里，婆婆看见后，心想："儿媳妇太辛苦了，正好可以给她做顿好吃的，补补身体。"于是，就把鸡抓住，偷偷地杀了，炖了

一锅香喷喷的鸡肉。

中午，乐羊子妻从田里回家吃饭，发现桌上有盆炖鸡肉，心里挺纳闷："刚才喂鸡的时候，家里的鸡没少啊。"她疑惑地问："婆婆，这鸡肉是哪儿来的？"婆婆知道瞒不住，把实情说了出来。乐羊子妻呆呆地望着桌上的鸡肉，好一会儿，竟小声地抽泣起来。

见儿媳妇掉眼泪，婆婆慌了，连忙安慰她。乐羊子妻伤心地说："婆婆，我不是怨您。我只是难过家里太穷了，吃的竟然是别人家的鸡！"婆婆听了她的话，又惭愧又伤心。

当天晚上，乐羊子妻从家里挑了一只最好的鸡，与婆婆一起去还给邻居，并真诚地道了歉。这件事后，人们对乐羊子妻的品行无不交口称赞。

——出自《后汉书·列女传》

24. 同窗赴约

东汉有个叫范式的人，家住山东金乡，年轻时曾在太学学习。学习期间，他与河南汝南的张劭（shào），相知互助，建立了深厚的友谊。

学习结束后，两人各自返回家乡。分别时，范式真诚地对张劭说："两年后我一定会去你家，到时，咱们再把酒叙旧！"张劭郑重地点点头说："我等着你！"于是，两人约定好相见的日期，便含泪告别。

两年很快就过去了，相约的日期即将来临。张劭告诉母亲他与

范式的约定，请母亲准备好美酒佳肴，招待范式。母亲怀疑地说："这个约定已经是两年前的事了，他能不能记得还不一定呢。况且你们相距千里，路途遥远，他真的能来赴约吗？"

张劭坚定地回答："范式是个很守信用的君子，我相信他一定会来！""既然这样，如果他真的来了，我就亲自给你们酿造美酒喝！"母亲说道。

到了约定的日期，张劭一早就到村口迎接。就在他望眼欲穿的时候，一个牵着马、略显疲惫的身影映入眼帘，此人正是范式！二人一见面，就紧紧地拥抱在一起。回到家中，张母钦佩地称赞："范式果然是个诚实守信的君子啊！"

——出自《后汉书·独行列传》

25. 阎敞还钱

东汉时有个官员叫阎敞（chǎng），为人诚信正直，深受太守第五常的信任。

一天，第五常来到阎敞家中，对他说："我奉命调入京城，但是此去路途遥远，时间紧迫，贵重财物不便携带。我想把手头的一百三十万钱，交给你保管。"

阎敞郑重地答应："您如此相信我，把这么多钱交给我保管，我一定不辜负您！"第五常走后，阎敞便把钱埋在了堂屋里。

后来，第五常全家不幸染上瘟疫，相继去世，只留下一个年幼的孙子。临终前，第五常对孙子说："爷爷有个好友叫阎敞，我曾在他那里寄存了三十万钱，你长大后，可以向他取来维持生计。"

第五常的孙子长大后，按照爷爷临终时的叮嘱，找到阎敞。阎敞听说第五常已经去世，非常悲伤。他想起第五常当年存的钱，正好可以还给他的孙子，也算对得起他的信任。

阎敞挖地取钱，一百三十万，一分不少，如数奉还。第五常的孙子惊讶地说："阎爷爷，您是不是记错了？我爷爷临终前说是三十万，不是一百三十万。我那时虽然年幼，但绝对不会听错的。"

阎敞坚定地说："孩子，没有错！你爷爷可能是因为生病，头脑不清醒，说错了。但我记得清清楚楚，就是一百三十万！"

第五常的孙子感动地说："我今天总算知道，什么叫'金钱有价，诚信无价'了！"

——出自《太平广记》

26. 甄彬还金

南北朝时有个叫甄（zhēn）彬的人，为人诚实守信，虽然家中贫寒，却从不贪图钱财。

有一次，甄彬到当铺赎回苎（zhù）麻。回到家中，在收拾苎麻时，他发现有块手巾，打开一看，竟然是一块黄金！他很吃惊，心

想："丢了黄金的人肯定十分着急，我得赶快还回去！"

甄彬急忙赶回当铺，询问是否有人丢失黄金。店员正为丢了黄金而焦急，见甄彬把黄金还回来，既吃惊又感动，说道："前儿日，有人拿金子来作抵押，因为事情太多，我就不记得放在什么地方了。您能把这么多金子送回来，实在是太可贵了！"说完，便拿出一半黄金，给甄彬作为酬谢。双方推让了十余次，甄彬到底也没有收。

后来，甄彬到郫（pí）县去做县令，上任前，要去向皇帝辞行。同去辞行的一共五人，皇帝告诫那四人，为官要清正廉洁，严于律己。轮到甄彬时，皇帝对他说："你过去有还金的美德，我相信你的品行！所以我就不像告诫他们一样告诫你了。"

——出自《太平广记》

27. 高允讲信

北魏时期，崔浩带人编写国史，太武帝认为书中有些内容讥讽皇族，就逮捕了崔浩。太子的老师高允，因参加编写，也受到了牵连。知道这个消息后，太子带着高允向父皇求情。

太子说："高允向来小心谨慎，国史是崔浩所编，请陛下免除我老师的罪过！"

太武帝问高允："国史都是崔浩编的，与你没有关系吗？"

高允实话实说："不，崔浩是总管，只负责审稿。具体内容都是

我和别人编写的。"

太武帝转向太子，生气地说："高允的罪比崔浩还严重，你怎么还替他求情？"太子无言以对。

高允急忙说："陛下，我确实有罪。太子这样说，是想救我。"

太武帝很惊讶，对太子说："面对死亡，不改言辞，是守信；作为臣子，不欺骗君主，是忠诚。像高允这样既守信又忠诚的人，真是难能可贵！"于是就赦免了高允。

出宫后，太子埋怨高允："我为您推脱罪责，您为什么不按我说的做呢？"高允回答："我确实参与了史书的编写，怎能为了活命而不说实话呢？我很感谢太子的救命之恩，但我不能做违背良心的事啊！"太子十分感动，对老师更加敬佩了。

——出自《北史·高允传》

28. 孟信不卖病牛

北周时有个叫孟信的人，辞官后，没了俸禄，日子过得很清苦。

有一天，孟信的侄子想把家里的老牛卖掉，换些钱买米。孟信坚决不同意，他责备侄子："这头牛是什么情况，你难道不知道吗？这牛不能卖！"但不卖牛怎么生活呢？趁着孟信出门，侄子还是偷偷地把牛卖了。

正当买牛人要把牛牵走的时候，孟信回来了。他非常生气，把买牛人拦住，说："这头牛有病，不能干活，你买了也没什么用。这牛不能卖给你！"买牛人听了非常惊讶，正想说话，却看到孟信径直

走到侄子面前，严厉训斥："把病牛卖给别人，这叫欺骗！赶紧把钱还给人家！"

买牛人知道了前因后果后，深受感动。他感慨唏嘘了好一会儿，还是决定买下这头牛。可是不管他怎么要求，孟信都坚决不卖。最后，孟信郑重地说："感谢你的好意，但我不能赚昧心钱！"后来，这件事传到了皇帝那里，皇帝高度赞扬了孟信诚信不欺的品格。

——出自《北史·孟信传》

29. 皇甫绩守信求罚

　　隋代有位大臣叫皇甫绩，三岁的时候，父亲去世，他便跟母亲一起住在外公家，和表兄弟们一块儿生活。

　　为了让孩子们早日成才，外公请了个先生，教他们读书，并制定了学规：每天规规矩矩上课，老老实实写作业。如有违反，必将严惩！孩子们纷纷答应。

　　有段时间，皇甫绩和表兄弟们对下棋非常感兴趣，经常聚在一起切磋棋艺。有一次玩得入迷，竟然连功课都忘了做。外公知道后，非常生气，决定按照学规执行惩罚。

　　表兄弟们接受完惩罚，轮到皇甫绩了。外公想到他身世可怜，不忍心打他，只是对他讲道理："你年龄还小，这次就不罚你了。以后记住，一定要好好学习，不能养成懒惰的坏习惯。"

　　皇甫绩年纪虽小，志气却不小。他知道外公偏袒自己，就对外公说："我和哥哥们违反学规，理当一样受罚。我要做一个信守诺言的男子汉，而不是一个自食其言的人！"于是让人也打自己三十板。看到外孙守信，外公感动得流下了眼泪。

——出自《隋书·皇甫绩传》

30. 太宗释囚

唐太宗李世民在位第六年，刑部大牢里有三百九十名囚犯，即将被执行死刑。刑部官员做好死囚名册，送呈太宗批准。

太宗手拿名册，眼前浮现出死囚们被处决的场景，不由心生怜悯之情。但这些人罪大恶极，不得不判处死刑。他内心很纠结，想来想去，最终作出决定：准许死囚们回家团聚，但是要在来年的今天，准时回到大牢接受刑罚。

大臣们认为，这些人回到社会，再为非作歹怎么办？这样做太

过冒险！于是纷纷劝阻太宗。太宗坚定地说："我相信以我对他们的信任，一定也会换来他们的诚心！再说，君无戏言，我不能不守信用。"

一年后，到了约定的这天，人们都好奇地聚在大牢前，议论纷纷。有的说：皇上这么信任他们，他们应该会回来的！但大多数人都说：死囚们好不容易被放走，傻子才会回来受死。然而出乎意料的是，死囚们竟然一个接一个地全部回来了。

群臣和百姓都惊叹不已。太宗的脸上露出欣慰的笑容，最终赦免了这些死囚！这个故事传开以后，人们对唐太宗与死囚们相互信任、遵守约定的行为，无不赞叹有加。

——出自《资治通鉴·唐纪十》

31. 萧鸾食粽

萧鸾(luán)是南齐的皇帝,生活十分节俭。他自己规定:每顿饭不超过五个菜;逢年过节,也不准加菜。

一年元宵佳节,京城里处处张灯结彩,家家户户杀猪宰羊,一派欢乐祥和的喜庆气氛。而宫中因提倡节俭,显得冷冷清清。

管理膳食的太监心想，逢年过节用膳，要还像往常一样，就少了节日的气氛；但如果增加菜的品种，又会违反"菜不过五"的规定。思来想去，他想出一个办法：给皇帝做一个既美观又丰盛的大粽子。于是，他命御厨烹调好各种精美食料，包进粽子里，让皇帝能在一道"菜"中吃到各种美味。

粽子做好后，被送到萧鸾面前。形状美观、香味扑鼻的大粽子，令萧鸾连声赞叹："好粽子！好粽子！"但当他切开粽子，看到里边丰富的食料时，不禁眉头一皱，不高兴地说："'菜不过五'的规定都哪儿去了？这个粽子里面，原料不止五种吧？这是怎么回事？"

管理膳食的太监回答："陛下，这实际上只是一道菜啊！"

萧鸾想想也是，可又觉得，这样取巧的方法不能提倡，便说："你们做这个粽子，确实用心良苦。但是，这个粽子抵得上我两天的饭量了。"边说边用筷子在粽子上划了个"十"字，接着说："就把它一分为四，我每顿只吃一块。"

旁边的太监劝道："陛下，一年只过一次元宵节，您多吃一点儿也是应该的。"萧鸾板起面孔说："皇帝是天下的表率，如果我提倡节俭却不带头执行，还怎么要求百姓们呢？"

——出自《南史·齐本纪下》

32. 王罴食饼

　　王罴（pí）是北周的大将，为人俭朴直率。一天中午，一位久未谋面的好友前来拜访。王罴很高兴，便留好友吃饭："今天中午咱们吃饼，这饼可是本地特产，又香又脆，算你有口福！"说完，命仆人和面做饼，端上桌来。

○

吃饼的时候，好友将饼的周边撕掉，扔在地下，只吃饼的中间部分。王罴本来还挺高兴，看到好友这个吃法，脸色立马拉了下来。他严肃地说："你知道这饼从播种到端上餐桌需要多少工夫吗？"好友正大口地吃着，不知道王罴为什么突然问这个，摇了摇头表示不知。王罴接着说："从耕耘种植，经过浇水、锄草、施肥，到最终收获，在田间要投入很大的工夫；收获以后，还要经舂（chōng）、磨、炊等一道道工序，才能做成饼子。我们能吃到这饼是多么不易啊！"

听了王罴的一席话，好友居然不以为意，满不在乎地说："我还当怎么着了呢，不就是扔了点儿饼子边儿吗？犯不着这么认真吧？"

见好友不当回事，王罴怒气冲冲地说："你这么不知道珍惜粮食，看来是没尝过挨饿的滋味儿！"说完，让随从将友人手中的饼子取走。

看着地下被扔掉的饼子边儿，好友觉得既尴尬又惭愧。

——出自《周书·王罴传》

33. 家犬吠主

公元 503 年，梁朝出兵攻打北魏。梁朝皇帝知道徐勉极有文才，又非常勤恳，就让他掌管军事文书。

战事紧急，朝中军务十分繁忙。徐勉为了方便工作，就搬到官府居住。他和同事们整日里忙得焦头烂额，有时甚至连饭都顾不上吃，更别提回家了。

几年后，战事结束。徐勉松了口气，终于可以回家了。

到了家门口，徐勉推门进家。突然，家里养的几条狗，一下子冲过来围住他，汪汪大叫起来！徐勉吓了一跳，心想："这狗今天都怎么了？"他竖起食指放到自己嘴边，朝它们"嘘"了好几声。可这几条狗，依然朝主人狂吠不止。

听到声音，管家急忙赶过来，见到这番情景，心中猜到了几分。他笑着对徐勉说："老爷，可能是您长时间没回家，家里的狗把您当成陌生人了！"

徐勉一想，觉得有道理，不禁感慨地说："没想到我忧国忘家，竟然连家里的狗，都不认得我了。"

——出自《梁书·徐勉传》

34. 文帝训子

隋文帝杨坚统一天下后，深知节俭对于国家兴旺的重要性。为了振兴国家，他规定：从帝王到百姓，衣食住行，一切从俭。

一天，文帝从花园经过，见太子杨勇身上的铠甲既奢华又精致，就有些不高兴。但他不露声色，很随意地说："勇儿，你这件铠甲很漂亮啊！"

太子没有听出文帝话里的意思，开心地回答："父皇也觉得好看吗？孩儿装饰这件铠甲，可费了不少心思呢！"隋文帝听到这番话，

更不高兴了，他生气地说："你身为太子，不思学习进取，竟把时间浪费在这种事上！"见父皇突然发怒，杨勇大惊，赶紧跪下来认错。

文帝见太子知错了，就缓和了口气说："自古以来，贪图奢侈的帝王，江山都不长久。你是太子，只有奉行节俭，以后才能担当起帝王的职责。"

文帝看太子低头不语，又说道："我穿过的衣服，每种都留下一件，不时拿出来看看，就是为了时刻警醒自己。现在，我赐给你一把我过去用的刀，希望你能明白我的用心，千万不要忘记节俭！"

——出自《资治通鉴·隋纪三》

35. 太子侍膳

唐肃宗李亨做太子的时候，经常陪父皇唐玄宗一块吃饭。

有一天，玄宗和太子一起吃烤羊腿。御厨把刚烤好的羊腿送来，霎时间，香气四溢，惹得人口水直流。色泽鲜亮的羊腿一放上砧板，金黄色的羊油就滴到了板上。

玄宗对太子说："亨儿，你把这个羊腿切开吧。"

太子洗完手，一手拿刀，一手攥住羊腿骨，小心翼翼地把羊腿切成小块，放到盘中。切完后，太子手上沾满了油汁，油腻腻的。他放下刀，顺手拿起桌上的一张薄饼，擦拭手上沾到的羊油。

见太子用饼擦手，玄宗心里很不高兴。他正要批评太子两句，却见太子拿着擦过羊油的饼，大口大口地吃了起来，吃完还吮了吮指尖。

见到这个举动，玄宗暗自欣喜。他故意问太子："亨儿，这饼已经沾了油了，你怎么还吃啊？"太子回答："父皇，我已经洗过手了，手上的油也不脏，用饼擦着吃了，也不浪费。"

听了太子的话，玄宗很高兴，他对太子说："对于食物，就应该这样爱惜。"

——出自《太平广记》卷一百六十五引《柳氏史》

36. 雪中吃烧饼

　　唐代有位宰相叫刘晏，尽管他掌管着全国的财政大权，但自己的生活却朴素简单。时至今日，还流传着他"雪中吃烧饼"的故事。

　　一年冬天，刘晏上早朝。凌晨的天气异常寒冷，天上还飘着鹅毛大雪。刘晏坐在车上冻得直哆嗦。看到路旁的店里开始卖早点，他吩咐车夫："找一家小店，吃些早点，暖和暖和再去上朝。"

　　车夫找了一家铺子，刘晏嫌太贵；又找了几家，还是嫌贵。正当车夫不知该怎么办时，路旁传来了叫卖烧饼的声音。刘晏看到刚

出炉的热腾腾的烧饼，对车夫说："我们就吃这烧饼吧！"

车夫心想：堂堂宰相，怎能吃这路边的烧饼呢！但看到刘晏下了车，也只好跟了过去。刘晏买了两个烧饼，和车夫一人一个，趁着热乎气儿，站在雪地里吃了起来。因为太热，刘晏不敢直接用手拿，而是用袖子包着。

这时，几位上早朝的官员路过烧饼摊，看到刘晏站在雪地里吃烧饼，不禁议论起来——"不成体统""丢了身份""跟个乡巴佬似的"等闲言碎语，随着寒风传了过来。

这边呢，刘晏还在津津有味地吃着烧饼，边吃边说："美不可言，美不可言啊！"

路上，车夫提起刚才那几个人的闲话。刘晏乐呵呵地说："别理那些闲话，君子从来都是讲求节俭的。一个人若只想着奢侈，那才是丢了身份呢！"

——出自《刘宾客嘉话录》

37. 拉纤县令

唐代时，何易于做益昌县令，他勤劳爱民，深受百姓爱戴。

这年春天，何易于的上司崔朴，趁着春光明媚，同许多宾客沿江游玩。他们坐着大船，喝酒唱歌，顺流而下。船行至益昌县境内时，需要纤夫拉纤而行。崔朴就命何易于马上找些民夫拉纤。

何易于没有拒绝。他带着几个手下赶到河边，然后把手板插在腰里，卷上裤腿，一块儿拉纤。

崔朴正和宾客在船上喝酒。突然，他见拉纤的人中，有个背影很熟悉。仔细一看，竟然是县令何易于！崔朴大惊，忙喊停船，问

道："何易于，你这是干什么？身为一县之长，怎么亲自拉纤？你连一个百姓都征不来吗？"

何易于回答："大人，现在正值春耕，农时宝贵，百姓们不是耕地播种，就是摘桑养蚕，实在不能耽搁。我干活干惯了，正好也没啥事，就来承担这个差事了。"

崔朴听完，非常惭愧，忙同宾客下船，骑马而归。

——出自《书何易于》

38. 赵匡胤怒摔金壶

公元965年，宋太祖赵匡胤派兵平定后蜀，封后蜀的亡国之君孟昶（chǎng）做秦国公。为了避免杀身之祸，孟昶把自己聚敛的珍宝，统统拿出来献给赵匡胤。

赵匡胤知道孟昶素来奢侈，但看到大殿上堆积如山的宝物，他还是震惊了。不计其数的金玉珠宝，令人眼花缭乱。大臣们窃窃私

语：这么多珠宝，是榨取了多少百姓的血汗啊！

突然，赵匡胤发现有个十分精致的金壶，壶口和壶把镶嵌着七彩的钻石，壶身上雕刻着龙纹玉饰，看上去精美绝伦。他问孟昶："那个金壶是做什么用的？"

这个金壶是孟昶最喜欢的几个宝贝之一。为了打造这个金壶，他可花了不少心思，命工匠研制了很长时间，才大功告成。孟昶见皇帝问起来，就小心地回答："这是我的尿壶……"

"什么？"还没等孟昶说完，赵匡胤忽地站起身来，大声惊呼："这是尿壶？"

孟昶被吓了一跳，战战兢兢地点点头。

赵匡胤脸色铁青地拿起金壶，摇了摇头。他严厉地斥责孟昶："没想到你竟然奢侈到了这种地步！一个尿壶尚且如此，那你盛放食物的器皿，究竟奢华到什么程度？你这样做，怎么能不亡国？"说完，当着孟昶和大臣的面，把金壶狠狠地摔在了地上。

——出自《宋朝事实类苑·祖宗圣训·太祖皇帝》

39. 尚俭宰相范质

范质是宋太祖赵匡胤时期的宰相。有一次，他生病了，赵匡胤前来探望他。皇帝亲临，臣子理当盛情款待，可范质家里没有钱招待皇帝。赵匡胤对范质的"招待"很不满意，他不相信范质会这么穷！

后来，赵匡胤再去时，他发现范质睡的是板床，盖的被子有好多补丁。"范质家怎么会这么穷呢？他每月的俸禄都用哪儿去了？还是他生活就是这么节俭？"皇帝心中充满了疑问。

赵匡胤不清楚范质是不是真俭朴，决定试探一下，就派人给范质送去雕花床和丝绒被。

不久，皇帝又一次来到范质家中。当看到范质仍旧睡硬板床，盖旧棉被时，他不解地问："范爱卿，我送你的东西怎么不用？为什么和自己过不去呢？"范质回答："陛下给我那么多俸禄，我怎么会买不起好的家具呢？只是我好念旧，用习惯的东西就舍不得扔。再说，陛下提倡节俭，做臣子的应当遵从。我身为宰相，更要为百官做出榜样，怎么能贪图享受奢华而忘记俭朴呢？"

这时，随从告诉皇帝：范质的俸禄大多送给那些无家可归的孤儿了。

皇帝默默地点了点头，感叹地说："范质可称得上是'真宰相'啊！"

——出自《宋史·范质传》

40. 苏轼做客

　　苏轼是宋代著名的文学家，不仅文章写得好，而且生活节俭，始终身体力行。他给自己定了个规矩：每餐只吃一饭一菜；如果来了客人，可加一个菜；去别人家做客，最多四个菜。要是有人邀请吃饭，他就事先告诉主人自己的规矩，主人答应，他就去；不答应，他就不去。

　　有一次，一位多年不见的老朋友请他去叙旧。去之前，他告诉朋友自己的规矩。得到了朋友的保证，他才应邀前往。到了朋友家中，只见满桌的山珍海味，十分排场。苏轼很不高兴，埋怨说："我

们有约在先，怎么还这么铺张！"

朋友笑着解释："咱们老朋友多年不见，按我的意思，应该比这更丰盛。现在已经按你说的减去一半了，你就不要推辞了。"说完，就要强行拉苏轼入席。

苏轼坚持不入席，郑重地说："你还是不了解我呀。我不只是口头说说，而是从心里不喜欢铺张。如果你真要留我，那就请撤掉多余的饭菜；否则，恕我不敬，只能告辞！"

朋友见苏轼如此坚决，便无奈地命仆人撤去多余的饭菜，只留下四菜一酒。二人一边饮酒，一边聊着琴棋书画，一直聊到星星在小院的上空闪烁。

——出自《东坡志林·记三养》

41. 江革孝母

西汉末年，王莽篡权，天下大乱，盗贼蜂起。当时，齐国临淄有个叫江革的人，年幼丧父，与母亲相依为命。由于江革的家乡在动乱中不幸遭遇战争，无奈之下，他只好带着母亲离家逃难。

逃难途中，江革的母亲说："儿子，这兵荒马乱的，你一个人逃难都很艰难，更何况我年老体衰，腿脚不便，带着我只会拖累你，你一个人走吧！"江革执意不肯，他说："我能活到今天，全靠母亲

的抚养。这恩情还没来得及报答，我怎能抛弃您呢？"说完，便背着母亲继续往前赶。

在路上，母子俩风餐露宿，经常填不饱肚子。每次吃东西时，江革都让母亲先吃，自己再节省着吃点儿。母亲怕江革太辛苦，几次要下来自己走，都被江革拒绝了。

一次，江革正在路边挖野菜，恰巧碰到一群山贼。山贼要拉他入伙，并试图将他劫走。江革慌了，号啕大哭起来，边哭边说："你们要是将我抓走，我年迈的母亲没人照顾，肯定会丧命的。请你们放了我，成全我的孝心吧！"

山贼听了非常惊讶，他们重新打量眼前这个人：只见他衣服破烂，身上满是尘土，鞋子破了个洞，露出的脚趾还流着血。看到这一切，山贼头领感动地说："这是真正的孝子啊！"于是放了江革。

战乱结束后，母子二人回到乡里。按照规定，乡里的人每年年末都要去县里登记户口。由于母亲年老，经不住一路颠簸，江革就亲自拉车带母亲去登记。乡里的人都称赞他是个大孝子，称他为"江巨孝"。

——出自《后汉书·江革传》

42. 汉明帝尊师

　　汉明帝刘庄做太子的时候，跟着桓荣学习《尚书》。当了皇帝后，他仍然按照师礼对待桓荣。不管有多忙，汉明帝都会抽出时间去太常府聆听老师的教诲。有时，他还会当着文武百官的面，向老师行弟子之礼。

　　课堂上，每当有人向明帝请教问题时，明帝总是谦虚地说："老师在这里呢，你还是请教老师吧。"每次上完课，明帝都亲自捧着从宫里带来的点心给老师吃。

桓荣年老后，身体不好，常常生病。明帝特别挂念老师的身体，每隔一段时间，就派人去慰问，并安排太医为他诊断病情、调理饮食。一旦听说老师病情加重，明帝就亲自去探望。桓荣总是说："皇帝政务繁忙，您派随从来就行了。"明帝说："您是我的老师，亲眼见到您我才安心。"

为了表示对老师的尊重，每次快到老师家门前的街道时，明帝就吩咐随从："快落轿，我要亲自走到老师家。"有一次，天下着大雨，不管随从怎么劝说，明帝依然坚持下轿走到老师家。到老师家的时候，明帝的衣服已经淋湿了一大半。由此可见，明帝对老师的尊敬之情。

——出自《后汉书·桓荣传》

43. 怀橘遗亲

　　东汉末年，东吴有个人叫陆绩。六岁时，他跟着父亲陆康去九江拜见袁术。袁术看到有小孩子来，就拿出了新鲜的橘子给他吃。陆绩很喜欢吃橘子，可是他没舍得把橘子吃完，偷偷地往怀里藏了三个。

　　临回家时，父亲让陆绩跟袁术作揖拜别。陆绩刚一弯腰，橘子就从怀里掉了出来。袁术开玩笑地说："陆郎来我家做客，走的时候

还偷拿我家的橘子吗?"听到这话,陆绩羞得满脸通红。父亲看到这种情况,非常尴尬,觉得很丢人,就让陆绩跪下,给主人道歉。

陆绩跪在地上,泪水在眼眶里打着转,抽泣着说:"我不是故意要偷橘子的。我母亲特别喜欢吃橘了,我觉着这橘子很好吃,就想拿两个回去让母亲也尝尝。"

听了陆绩的这番话,袁术既惊奇又感动,赞叹道:"想不到你小小年纪,就有这样的孝心!"说完,命仆人拿出一袋橘子送给陆绩。父亲也被他的孝心打动了。

回家的路上,父亲教育陆绩说:"你今天吃橘子能想着母亲,孝心值得表扬,但是这种做法不可取。你如果想让母亲也吃橘子,完全可以把你的愿望告诉别人,这样别人就会主动送给你,你也不会被误解。"听了父亲的话,陆绩意识到自己的做法不对,于是主动向父亲道歉。

陆绩"怀橘遗亲"的故事传开以后,有人作诗称赞他:"孝悌皆天性,人间六岁儿。袖中怀绿橘,遗母报乳哺。"

——出自《三国志·陆绩传》

44. 孔融让梨

东汉末年，有个大文学家叫孔融，他小的时候就很有礼貌，懂得谦让。

有一次，家人聚在一起，非常热闹。当时孔融才四岁，也是家里最小的一个孩子。大家正聊着天，有人端来一盘梨给孩子们吃。父亲让孔融把梨分给大家，只见孔融先从盘子里挑出一个最大的梨给大哥哥，然后又挑出一个稍微小一些的给另外一个哥哥，就这样，一个接一个地分。最后，他留了一个最小的梨给自己。

　　大人们看到这一幕都很好奇，父亲把孔融叫到跟前，问道："你为什么把大的梨分给别人，把最小的留给自己呢？"

　　孔融睁大眼睛，认真地回答说："因为我是弟弟，年龄最小，所以应该吃最小的。哥哥年龄大，就应该吃大的。"父亲听完，抚摸着儿子的头，开心地笑了，连声说好。

　　大家都为孔融的礼让、懂事感到惊喜。从此，"孔融让梨"的故事千载流传，成为人们孝亲敬长、守礼谦让的典范。

——出自《后汉书·孔融传》

45. 李密辞诏

公元 267 年，晋武帝征召李密进京做太子冼（xiǎn）马，辅佐太子。接到诏命后，李密眉头紧锁，脸上没有露出一丝笑容。原来，李密的身世非常不幸，出生才六个月，父亲就去世了；四岁时，母亲又被迫改嫁。祖母刘氏独自将他抚养成人。李密小时候经常生病，祖孙二人的生活十分艰辛。长大后，李密博览群书，做了蜀汉的尚书郎。

后来，由于祖母年事已高，疾病缠身，他便在家日夜服侍。所有食物汤药，李密都要亲口品尝，然后再喂给祖母。他的孝行闻名

乡里，太守和刺史先后举荐他，都被他拒绝了。这次，面对皇帝的征召，李密迟迟没有回复。

不久，诏书又下来了，催促他赶紧赴职。没几天，县里也派人来催；再后来，州里又派人来催。晋武帝以为他不肯归顺朝廷，更是逼迫得很紧。

"密儿，听我的话，赶紧去赴职吧，否则会有性命之忧啊！"祖母担心地说。

李密跟祖母说："如果我走了，您怎么生活啊？您放心，我会处理好这件事情的。"

李密静下心来，写了篇《陈情表》，呈献给晋武帝。文中写道："我没有祖母就活不到今天，祖母没有我就不能安享晚年，我们祖孙二人相依为命……希望皇上您成全我的孝心，让祖母安享晚年。"文章言语凄切，感情真挚，后成为流芳千古的名篇。

晋武帝被李密的孝心及祖孙二人的深情感动了，同意李密暂不赴任，还发给他赡养祖母的费用。

——出自《晋书·孝友传》

46. 庾衮侍兄

晋代时有个叫庾衮（yǔ gǔn）的人。有一年，他的乡里突然爆发了瘟疫，许多人被传染并丢了生命。所以，大家一谈到瘟疫，脸色就变了。庾衮的两位兄长先后丧命于瘟疫，第三位兄长庾毗（pí）也正被瘟疫折磨，随时都有生命危险。

庾衮的家人怕被传染，所以决定外出逃难。"咱们都走了，庾毗哥哥怎么办？他现在命悬一线，如果我们把他一个人留在家里，他

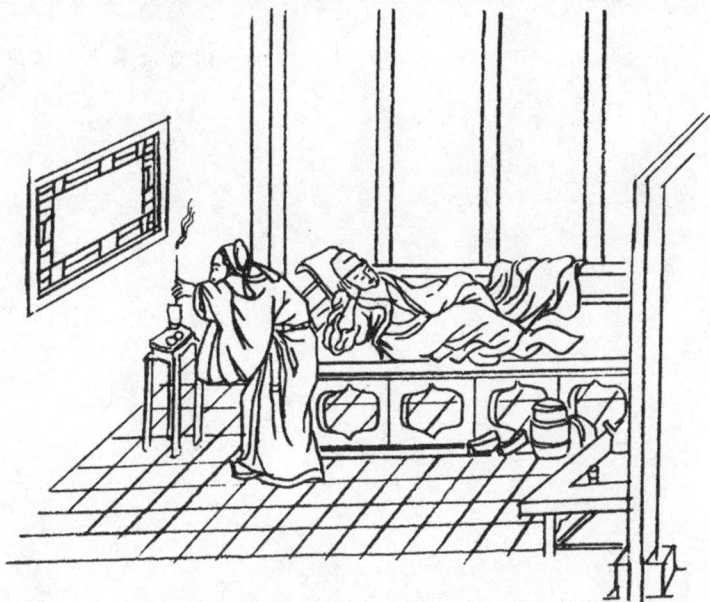

不就死定了吗?"庾衮拉着母亲的手,哭着说。母亲低着头,咬着嘴唇,含泪说道:"这也是没办法啊,我也舍不得你哥哥,但是瘟疫无情,要是被传染了,全家人都得送命啊。衮儿听话,快去收拾东西。""不!我不要!我不走!"年少的庾衮大喊着,扑进母亲怀里。

家人见此情景,都过来劝庾衮离开。"不,我不能丢下哥哥不管,我要留下来照顾哥哥!我天生就不怕瘟疫,也不会感染上瘟疫的。"家人见庾衮态度如此坚定,只好把他留了下来。

此后,庾衮时刻不离兄长左右。日日夜夜,煎药做饭,换洗衣物,把兄长照顾得无微不至。

三个月后,经过庾衮的精心照料,庾毗的病竟然渐渐好了。乡亲们得知庾衮在危难中对兄长不离不弃,都对他赞不绝口。

——出自《晋书·孝友传》

47. 顾恺之画母像

顾恺之是东晋的大画家，擅长人物画，尤其是女性肖像。他的画注重细节描绘，长于表现人物的神态，运笔自然流畅，如行云流水一般。他之所以把女性肖像画得这么好，和他的成长经历有关。

顾恺之刚出生的时候，母亲就去世了，他由祖母抚养长大。等他渐渐长大懂事了，发现别人都有母亲，惟独自己没有，于是就跑

去问父亲："我的母亲在哪里呢？"

父亲见瞒不过去，只好告诉小恺之："你母亲已经去世了。"还告诉了他母亲长什么样子。小恺之听后非常伤心，哭了很长时间。他常常想象母亲的样子，后来暗自下决心：一定要画出母亲的模样！从此以后，他经常询问父亲，母亲长得如何，然后根据父亲描述，结合自己的想象，一遍遍地把脑海中母亲的样子画在纸上。画好后，他就拿去问父亲画得像不像。

起初的画像，虽然小恺之画得很用心，但跟父亲的描述还有很大差距。小恺之并没有放弃，反而更加专心地画，画了改，改了画，直到最后自己觉得满意了，才再次拿给父亲看。父亲看后惊呆了："这真的和你母亲一模一样！"

后来顾恺之出了名，有人问他："你的老师是谁？"他说："是我的母亲。"

——改编自民间故事

48. 潘综背父逃亡

　　晋代时，有个叫潘综的人，他的村庄被起兵作乱的贼寇们攻破了，村里的人四散逃亡。当时，潘综的父亲已年近七十，行动不便，潘综就背着父亲逃难。

　　逃难路上，贼寇们紧追不舍，眼看就快追上了。父亲对潘综说："孩子，我年纪大了，命不值钱了，你快放下我，自己跑吧。不然咱们两个都得死在这儿。"潘综不同意，态度坚决地说："父亲，我不会丢下您不管的，要活咱们一起活，要死咱们一起死！"

过了没多久，他们就被贼寇追上了。面对贼寇，潘综跪下乞求说："看在我父亲年纪大的份上，你们杀了我，饶了我父亲吧。"他的父亲也向贼寇求情："我儿子还年轻，本来可以逃走的，可是为了不丢下我，才被抓到。我老了，死了没关系，只求你们放过我的儿子。"

听到潘综父亲这样说，其中一个贼寇挥刀向他砍去。潘综见势急忙挡住父亲，刀落到了潘综身上，顿时鲜血直流。一个小头目似的贼寇，看到眼前这一幕，生气地对砍人的贼寇说："这个少年以死救父，是个难得的孝子，你为什么要杀他呢？杀孝子是不吉利的。"说完，就把潘综父子放了。

——出自《宋书·孝义传》

49. 兄弟争刑

南朝刘宋时期，孝武帝下令在全国征兵，孙棘（jí）的弟弟孙萨在被征之列。但到了规定时间，孙萨却没有去报到，按照军法要接受刑罚。

孙棘一得到消息，赶紧带着弟弟到官府。他向太守求情说："大人，这是我的错。我不忍心年幼的弟弟去当兵，一直不让他走。请大人让我代替弟弟受刑。"在一旁的弟弟慌了，立即说："大人，这完全是我的错。我怕吃不了苦，不愿去当兵，所以延误了日期。我们兄弟从小丧父，是哥哥辛辛苦苦把我拉扯大，我怎能再让哥哥代我受刑？"

太守见兄弟俩不顾各自的性命，争着替对方受刑，怀疑他们使诈，故意博取同情。于是，他想了个计策，将两人分开审问。太守先对孙棘说："我们已经查清楚了。念你爱弟之心，我决定成全你，让你代弟受刑。"孙棘很高兴，拜谢说："多谢太守，只要能保全弟弟，孙棘死也甘心。"

太守又用同样的方法试探孙萨，孙萨的反应和哥哥一样。太守终于相信，兄弟俩都是真心愿替对方受刑。由于这件事比较特殊，太守不敢擅自做主，便上报给孝武帝。

　　孝武帝听后十分感动，说："平民百姓能有如此舍己为人的品德，实在难能可贵！"于是下令不追究孙棘兄弟俩的责任，还赐给他们二十四绢帛，以嘉奖他们互敬互爱的品质。

——出自《宋书·孝义传》

50. 吴达之救弟

吴达之是南北朝时期的义兴人。有一年闹饥荒，很多人生活都不能自保。吴达之的堂弟夫妻二人，不幸被掠卖到了外地。

堂弟夫妻不见了，吴达之便四处打听，一有消息就去寻找，为此，家里仅有的一点儿积蓄也花光了。后来，听说江北地区有很多外来人，他不顾家人反对，连忙赶到江北。费尽一番周折后，他终

于在一个矿场上找到了堂弟夫妇。

　　看到堂弟瘦骨嶙峋、神情黯淡的样子，吴达之忍不住哭了起来。堂弟安慰道："虽然我们从早到晚不停地干活，但是，总算没有饿死，哥哥就放心吧。"吴达之坚定地说："我不能眼睁睁地看着你们流落异乡，失去人身自由。你们放心，就是砸锅卖铁，我也要把你们赎出来！"回到家后，吴达之开始想赎回堂弟的办法。思来想去，他想到了家里的田产。只是，父亲临终前曾再三叮嘱："家里就这十亩地，你要好好守着，勤劳耕作，好让儿孙过上好日子。"但吴达之一想到堂弟黯淡无光的眼神，想到他夫妻二人在外困顿潦倒，心里就很不是滋味。经过一番思想斗争，他最终还是典卖田地，赎回了堂弟夫妇。

——出自《南齐书·孝义传》

51. 子罕与邻为善

古时候，宋国有位大臣叫子罕。他仁爱谦让，总是处处为别人着想。

有一年，楚国有个使者去拜访子罕。使者觉得子罕家周围的环境很糟糕，一点儿也不像一个大官住的地方，他惊奇地问："南邻的屋墙都把你家的大门挡住了，你怎么不让他们搬家呢？"

子罕笑了笑："南邻家三代都是鞋匠，我要是把他赶走，他做的鞋卖不出去，全家人就没法生活了，我怎么能忍心让他家搬走呢？再说，他家的墙也没有完全挡住我家的门，我只是多走几步路罢了，

没什么大不了的。"

使者沉默了一下，忍不住又问："那西邻的积水流进你的屋内，臭气熏天，你怎么也能忍受呢？"

子罕微微摇了摇头："西邻的地基高，我家的地势低，积水从高处往低处流，我也没法阻止。总不能因为我做官，就让水倒流回去吧！我怎么能做损人利己的事情呢？"

使者暗暗吃惊："这个子罕真是不简单呀！"

——本故事源于春秋时代

52. 浇瓜得惠

　　战国时期，梁国与楚国相邻，两国都在边境种瓜。梁国人很勤劳，经常给瓜田浇水，瓜长得越来越好。楚国人懒惰，很少管理瓜田，楚国的瓜比梁国的差远了。

　　楚国的县令知道后，就责怪种瓜人工作不尽心。种瓜人因此对梁国人心生不满，认为都是他们把瓜种得太好了，才害得自己挨骂。夜间，楚国人偷偷溜进梁国的瓜田搞破坏，把瓜秧扯得乱七八糟，导致梁国的好多瓜秧都枯萎了。梁国人查清了这件事，就向县令宋就报告，请求报复楚国人。

宋就了解了事情的经过，对来人说："你们报复他们，他们再反过来报复你们，这样下去，怨恨就会更深。我给你们出个主意，你们每晚都悄悄地给楚国的瓜田浇水，我相信他们就不会再来捣乱了。"来人对宋就的办法半信半疑，不过他们还是照办了。

过了几天，楚国人发现，每天早上，自己的瓜田都湿漉漉的，瓜也长得越来越好，他们感到很奇怪，就留心查看。结果让他们大吃一惊，原来是梁国人每晚都偷偷地来替他们浇水。楚国县令得知此事后，感到十分惊奇，立马向楚王汇报。楚王听完后，既羞愧又敬佩，命人带着丰厚的礼物向宋就道歉，并希望能与梁国结好。

宋就以德报怨的做法，把祸事变成了福事，使楚国与梁国成了友好的邻邦。

——出自《新序·杂事第四》

53. 冯谖焚券

战国时期，齐国的贵族孟尝君，养了很多门客为自己出谋划策。有一天，孟尝君征召去薛地收债的人，冯谖（xuān）主动请求前往。

出发之前，冯谖问孟尝君："我为您收完债，您想让我给您买些什么回来？"

　　孟尝君说："你看我家里缺什么，就买什么吧！"

　　到了薛地，冯谖把欠债的百姓召集到一起，对大家说："孟尝君让我告诉大家，你们欠的债不用还了！"百姓们一听，纷纷议论起来，不敢相信会有这么好的事情。冯谖为了让他们放心，就当面把所有的借据都烧掉了。百姓们非常高兴，都很感谢孟尝君的仁善。

　　冯谖返回后，向孟尝君汇报说："我把您的债收上来了，又帮您买了仁义。"孟尝君知道实情后很生气，从此不再理会冯谖。

　　一年后，齐王疏远孟尝君，孟尝君只好带着家人和门客回薛地。在离薛地还有近百里路时，孟尝君见薛地的好多百姓，扶老携幼，自发前来迎接他。

　　孟尝君非常感动。他派人请来冯谖，对他说："先生，您为我买的仁义，今天总算是看到了！"

——出自《战国策·齐策》

54. 负荆请罪

战国时期，赵国有个文官叫蔺相如。因为在和秦国的斗争中"完璧归赵"，他被封为上大夫；后来，在秦赵两国国君参加的"渑池会"上，他勇斗秦王、维护赵王有功，又被封为上卿。

大将军廉颇对蔺相如做上卿很不满意，发牢骚说："我廉颇出生入死，战功赫赫，才得到今天这个地位。他蔺相如只是动动嘴皮子，就成了上卿，地位竟然比我还高！以后要是遇见他，我一定要狠狠地羞辱他一番！"

蔺相如听说后并不计较，只是尽量避免与廉颇碰面。每当上朝的时候，他就托病不去；有时远远看见廉颇，就赶紧掉转车头躲开。

蔺相如的做法引来了门客的抱怨："您的职位不比廉将军低，他口出恶言，您却那么害怕地躲避他。您这样做也太过分了！在您手下做事，我们感到很羞耻。请允许我们离开吧！"

蔺相如坚决挽留他们，问道："你们觉得廉将军与秦王相比，谁更厉害？"

门客回答："廉将军肯定不如秦王厉害啊！"

蔺相如说："秦王那么厉害，我却敢呵斥他。我连秦王都不怕，难道会害怕廉将军吗？只是我想到，正是因为有我和廉将军一文一武辅助赵王，秦国才不敢攻打咱们赵国。如果我和廉将军两虎相斗，一定会对国家不利，我这是为了国家才忍让廉将军啊！"门客听了恍然大悟。

蔺相如的话传到了廉颇那里，廉颇非常羞愧。他脱去上衣，背着荆条到蔺相如门前，跪在地上请罪："我是个井底之蛙，没想到您的心胸如此宽广。请您处罚我吧！"

蔺相如赶紧扶起廉颇："将军不必自责，咱们同为国家的大臣，只有团结一心，国家才能更加强大啊！"从此，两人成了生死与共的好朋友，被人们称为"刎颈之交"。

——出自《史记·廉颇蔺相如列传》

55. 教民向善

西汉宣帝时，韩延寿任左冯翊（zuǒ píng yì）太守，他崇尚礼仪，推行教化，很有政绩。

有一次，在他管辖的高陵县，有兄弟俩为了争夺田地而打架，找韩延寿评理。

韩延寿没有理会他们，而是叫来县里的官员和当地有名望的长者，悲伤地对大家说："我作为太守，没有教化好百姓，导致兄弟相争，还连累县里的官员蒙受耻辱，这全是我一个人的过错啊！我应

该好好反省自己。"随后，他称病告假，不理政务，把自己关在屋里闭门思过。

韩延寿的做法让人们茫然失措，县里的大小官员都不知如何是好，最后只能把自己绑起来，去韩延寿门前请罪。大家纷纷指责兄弟俩：如果不是你们犯错，太守又怎么会闭门思过呢？兄弟俩十分惭愧，于是披头散发，脱掉外衣，跪在韩延寿门前认错，表示愿意相互退让，以后再也不争了。

这时，韩延寿才从屋里出来，劝诫大家要相互礼让，融洽相处。因为韩延寿的教化，他所治理的郡里再没有发生争斗，大家都友善地生活在一起。

——出自《汉书·韩延寿传》

56. 罗威喂牛

汉代有个人叫罗威,以种田为生。有一天,邻家的牛吃了他家田里的庄稼。他去找邻家说理,没想到邻家居然不管不问。罗威有些无奈,但也没有发火,他默默地想:"牛跑去吃庄稼,肯定是饿了。如果把它喂得饱饱的,就不会到田里吃庄稼了吧?"

从此以后,每天天不亮,罗威就去割草,然后悄悄放进邻家的牛圈里。那牛一闻到鲜草的味道,就美美地吃了起来,吃饱了就趴在圈里睡觉,再也不去吃罗威家的庄稼了。

连续几个早上，邻居总能看见牛圈里有一些青草，感到很奇怪，决定弄清楚这草到底怎么来的。

第二天，邻居早早起来，趴在窗户旁，偷偷观察牛圈的动静。没过多久，果然有个人抱着许多青草放进牛圈。仔细一看，竟是罗威！

邻居立即明白了怎么回事，心中十分惭愧。他走过去对罗威说："您放心吧，我一定会把牛看管好的！请您以后不要再来送草了。"

——本故事源于汉代

57. 危难探友

东汉有个叫荀巨伯的人，非常重视友情。一天，他去探望一位生病的朋友。刚到朋友家，就遇上贼寇入侵。贼寇们十分凶残，到处杀人放火，吓得百姓都逃走了。

朋友病得很重，没办法外出避难。他担心连累荀巨伯，便说："我怕是要死在贼寇手里了。你能来看我，我非常感动，但我不能连累你，你快点离开吧！"

荀巨伯说："我到你这来，就是来照顾你。现在明知道你有危险，却要抛下你，这难道是朋友所做的事吗？"

贼寇闯进朋友家里，见荀巨伯从容地烧火煎药，就用鞭子指着他问："这里的人很怕我们，都跑光了。你怎么敢留在这里，难道不怕死吗？"

荀巨伯不卑不亢地回答："我当然怕死，但是有些东西，却比自己的性命还重要。我的朋友病得很重，我不忍心抛弃他独自逃生，请你们放过他，我愿意代替朋友去死！"

贼寇首领听了荀巨伯的话，十分震惊，赶忙下马，抱拳向荀巨伯致敬说："您的话让我们感到无地自容！我们都是些不懂道义的人，侵扰这样一个讲究仁义的地方，真是太不应该了！"说完，立刻带领其他贼寇撤走了，也没有杀害荀巨伯和他的朋友。整个城市也因为荀巨伯而免遭更大地破坏，人们都称赞他的大仁大义。

——出自《世说新语·德行》

58. 华歆救人

东汉末年，战乱四起，人们纷纷外出避难。一天，华歆和王朗正要乘船出发，忽然有人急匆匆地跑过来，恳求说："两位先生，能不能请你们带我一起走？这附近也没有船了，现在这么乱，我留下来怕是也没有活路了。"

华歆有些犹豫，对王朗说："要不就算了吧？带着他恐怕不方便。"

王朗看了一下船，便说："船上还比较宽敞，加他一个也不成问

题，为什么不能带他一起走呢？"华歆没再说什么。那人就上了船。

船行了没多久，就有强盗呼喊着追来了。王朗惊慌失措地对华歆说："船太慢了！赶紧让那人下船吧，否则，咱俩也要跟着遭殃了！"

华歆坚决反对："不行！我之前犹豫不决，就是考虑到有这种突发状况。但是，既然让他上了船，就不能因为危险而半路丢弃他，我们不能做不道德的事啊！"华歆不顾王朗的反对，坚持把那人留在船上。大家奋力划船，终于摆脱强盗，到达安全的地方。

后来，世人常常谈论这件事情，以此来判定华歆和王朗品行的优劣。

——出自《世说新语·德行》

59. 戴封送灵

　　戴封是东汉人，十五岁到太学学习。他的好友石敬平，临近毕业时，突然因病去世了。那时，交通和通讯极不便利，无法及时告知石敬平的家人，戴封毫不犹豫地为他料理丧事。

　　由于手头没钱，戴封就把太学发给自己的粮食卖掉，换钱买了寿衣和一口薄皮棺材。收拾好石敬平的遗物，戴封租了一辆牛车，千里迢迢，把好友的遗体护送到他的老家。

石敬平的家人在重新收殓时，发现敬平入学时的衣服和日常用品，一样都不少，太学发的书籍也运回来了。家人对戴封的尽心为友唏嘘不已，万分感动。

四里八乡的人们听说此事，感慨地说："别说是同学，就是亲兄弟也很难做到啊！"

——出自《后汉书·戴封传》

60. 朱晖重情

朱晖和陈揖（yī）是同乡好友，交情特别深。不幸的是，陈揖年纪轻轻就去世了，那时他的妻子还怀有身孕。后来，孩子出生了，取名陈友。朱晖一直尽心尽力地照顾这对母子。

朱晖的儿子叫朱骈，和陈友年龄相仿，两个小孩经常在一起学习、玩耍，像亲兄弟一样。一晃十几年过去了，两个小孩都已经长

大成人。

南阳郡的郡守桓虞很欣赏朱骈。一天，他对朱晖说："朱骈这孩子聪明伶俐，就让他跟着我做事吧。我这边有个空缺的差事，正好安排给他。"

朱晖赶紧道谢："太感谢您了！不过，能不能把这个机会给陈友，他更需要这份差事。陈友从小没有父亲，跟着母亲生活很不容易，我想尽我所能地帮他，也算对得起他早逝的父亲了。还望您能成全！"

桓虞被朱晖的重情重义深深打动了，就把差事安排给了陈友。

——出自《后汉书·朱晖传》

61. 刮骨疗毒

东汉末年，关羽与曹魏军大战，右臂被毒箭射中，便请名医华佗医治。

华佗赶到时，正碰上关羽在下棋。他检查了一下伤口，说："这倒是有办法医治。您得把头蒙上，绑住手臂，然后我用刀刮去骨头中的毒素。只是，怕您会疼得受不了！"

关羽听后，大笑着说："我戎马一生，视死如归，这点疼算什么！先生，不用蒙头绑臂，只管开刀刮骨就好，我不会乱动的。"说完，继续饮酒下棋。

华佗取出尖刀，找准位置，割开伤口处的皮肉，顿时鲜血顺着胳膊流下来。关羽眉头微皱，但没有出声。

接着，华佗娴熟地用刀刮着骨头，发出"窸窣（xī sū）"的声音。看到这个情景，旁边的将士都吓得捂住了眼睛。关羽头上布满了细密的汗珠，但仍咬牙坚持着。突然，他"哼"了一声，手一抖，掉落了一颗棋子。华佗正要说话，关羽微微一笑，拾起棋子，继续下棋。

华佗把毒刮干净后，就敷上药，缝合好伤口。

关羽舒展着手臂，感激地对华佗说："先生真是神医啊！"然后，拿出百两黄金，答谢华佗。华佗拒绝接受，并且佩服地说："我早就听说您勇武过人，今日一见，果然名不虚传！"说完，留下一贴药膏就告辞了。

——出自《三国志·蜀书六》

62. 赵子龙浑身是胆

东汉末年，刘备派赵云等人攻占了汉中郡。为了夺回汉中，曹操亲自率领大军督战，并运来不少军粮。听到这个消息，赵云悄悄带领部下出击，准备夺取曹军的粮草，结果遇到了曹操派出的大军。

面对强敌，赵云没有慌张，眼看曹军追得近了，就带人向曹军阵营猛冲。曹军顿时一片混乱，赵云便带着人逃回汉军营地。这时，

赵云

部将张著受伤，被曹军包围了。赵云立刻调转马头，重新杀回去，救出了张著。此时，曹军依然紧追不舍，一直追到了汉军的营寨门前。

赵云进入大营之后，将士们准备关闭营门。赵云回头命令："打开营门！"手下将士以为听错了，犹豫地问："将军，打开城门的话……""不用担心，只管打开城门！"赵云笑着说，然后小声嘱咐士兵们把旗帜收起来，静静地等待曹军。

曹军见汉军营地静悄悄的，怀疑里边有伏兵，便纷纷向后退去。此时，赵云下令擂起战鼓，让弓箭手用弩箭射曹军，然后亲自带人向曹军冲杀过去。混乱中，曹军互相践踏，很多人掉到汉水里淹死了。曹军主帅只好带着残兵败将，狼狈地逃了回去。

刘备听说这件事后，马上赶到赵云兵营探望，并赞叹说："子龙一身都是胆啊！"将士们也都称赞赵云为"虎威将军"。

——出自《三国志·赵云传》

63. 辛毗谏阻移民

三国时期，曹魏黄初元年（220 年），魏文帝曹丕下令，把冀州的十万户人家迁移到河南。辛毗等大臣都反对这样做，但文帝根本不听。

这天，辛毗与群臣一起求见文帝。文帝知道他们的来意，阴沉着脸等待他们。其他大臣都默默地退到一边，不敢说话。只有辛毗，毫不畏惧地站出来说："陛下，迁移百姓的事情您还得再考虑一下。"

文帝生气地问："你认为我做得不对吗？"

辛毗回答道："确实不对。"

文帝顿时火冒三丈，喊道："你出去，我不跟你讨论这件事！"

辛毗丝毫没有畏惧，而是坚持说："陛下，当初是您认为我有才能，才让我参与议事。现在怎么又不和我讨论呢？再说，这件事关系到国家和百姓的利益，您怎么能发怒呢？"

文帝无言以对，站起身就要离开。辛毗快步跟上，紧紧拉住他的衣袖。文帝怒视着辛毗说："大胆辛毗，你敢以下犯上，不要命了？"

辛毗痛心地说："陛下，中原连年大旱，百姓生活艰难，根本不适合迁移。您要是坚持这么做，百姓就会怨恨您，您就会失去民心啊！"

文帝甩开他，回到宫里思考了一段时间，认为辛毗说得有道理，就认真考虑了大臣们的意见，最终只迁移了一半百姓。

——出自《三国志·魏书二十五》

64. 刘敏元勇救孤老

永嘉年间，天下大乱，人们为了躲避战乱和饥荒而四处逃亡。有个叫刘敏元的人，带着同村的一位老人，一起逃难。

走了几天几夜后，老人实在走不动了，刘敏元便扶着他在山路旁休息。突然，从山上冲下来一伙强盗，个个手里都拿着大刀，非常凶恶。

强盗的首领对刘敏元和老人说："你们两个快把身上的钱交出来！不然就杀了你们！"刘敏元挡在老人身前，请求道："大王，我们是逃难的人，身上没有钱。如果非要杀人，就杀我吧！这位老人

年纪大了，求你们放了他！"强盗首领犹豫了一会儿，正打算放人。突然，一个强盗站出来阻拦说："没钱就放人，那我们以后还能抢到钱吗？不能放！"

刘敏元听后非常气愤，立马抽出宝剑，刺向那个强盗，并喊道："世上怎么还有这样不讲道义的人，连老人也不放过。今天，咱们就拼个你死我活吧！"强盗首领被刘敏元的正直勇敢震住了，立刻阻止说："这原来是位义士啊！"紧接着就把刘敏元和老人都放走了。

——出自《晋书·刘敏元传》

65. 荀灌搬救兵

西晋时，荀崧（sōng）做襄阳太守。这一年，杜曾带领叛军包围了襄阳城。几次大战后，守军损失惨重，情况十分危急。

荀崧被困已久，急于去搬救兵。荀崧有个十三岁的小女儿，名叫荀灌，得知父亲的意图后，便走上前，拉住父亲的手坚定地说：

"您是主帅，不能轻易离开，就让女儿去吧！"父亲不同意。荀灌急切地恳求说："襄阳城危在旦夕，孩儿虽年幼，自有妙计搬来救兵。为了全城百姓，孩儿一定会竭尽全力，请父亲放心！"荀崧最终同意了。

夜幕降临之后，荀灌带领几名士兵，趁着叛军不备，绕过岗哨，偷偷地溜出城外。城外的叛贼发现后，马上追赶。荀灌没有和叛军纠缠，而是加快脚步，拐进鲁阳山，甩开了追兵。

荀灌历尽千难万险，凭借智慧和勇气，终于成功地搬来两路救兵。近万人马大声呐喊着，朝襄阳城赶来，声音震天，气势如虹。城外叛军怕受到内外夹攻，吓得仓皇而逃。由于救兵来得及时，襄阳城得救了。从此，荀灌被百姓们称为"巾帼小英雄"。

——出自《晋书·荀崧传》

66. 古弼诤谏罢棋

北魏时，有位大将军叫古弼。他为人直率坦诚，敢于直言进谏。

当时，北魏的皇室大量占用耕地，大兴土木，建造游玩场所。百姓们耕地减少，粮食减产，生活艰难。古弼知道后，非常气愤，马上进宫向皇帝进谏。

古弼来到宫中，见皇帝正和大臣刘树下棋。皇帝看了古弼一眼，没有说话。古弼只好站在一旁等。

时间一分一秒地过去了，皇帝丝毫没有要听他进谏的意思，古弼越等越着急。突然，他直接冲到刘树的跟前，一把揪住他的头发，把他拽了起来，然后一手拧着刘树的耳朵，一手握拳猛捶他的后背。刘树躲闪不及，把棋盘都碰翻了，棋子撒了一地。

古弼边打边对刘树说："都是因为你，皇上才不听我进谏。那是关系百姓生死的大事，难道还不如下棋重要吗？"刘树吓坏了，不住地向古弼求饶。皇帝也大惊失色，慌张地说："不听你的进谏是我的错，不关刘树的事，你放了他吧！"古弼这才慢慢恢复平静，将事情详细地报告给皇帝。皇帝同意了他的奏请，下令将侵占的耕地还给百姓，并对古弼的正直无畏大加赞赏。

——出自《魏书·古弼传》

67. 宗悫拒贼

宗悫（què）从小跟着父兄学习武艺，志向远大，胆气过人。

十四岁那年，宗悫的哥哥娶亲，宾客盈门。全家上下忙忙碌碌，他也跟着哥哥一起招待客人。突然，一个仆人连滚带爬地跑进来喊道："不好了！强盗来了！"话音刚落，只见一伙强盗手拿大刀，气势汹汹地冲了进来。宾客们惊慌失措，四处躲避。一时间，大人的叫喊声、小孩儿的哭叫声搅和在一起，宗家大院乱作一团。

事情发生得太突然，宗家人也都惊呆了，不知如何是好。这时，

宗悫拔出佩剑，对着迎面而来的强盗，大喊道："小贼，放下东西，饶你们不死！"强盗首领本来正指挥手下抢东西，见有人阻拦，吓了一跳。当他发现眼前说话的只是个少年时，就轻蔑地说："你这个小娃娃来凑什么热闹，刀可不长眼睛，伤着你就不好玩儿了！"说完，哈哈大笑起来。

宗悫毫不畏惧，手挥宝剑，大战强盗首领。其他强盗发现首领渐渐支撑不住，赶忙放下东西，共同对付宗悫。宗悫沉着应战，愈战愈勇。随后，宗家人也加入战团，齐心协力把强盗赶跑了。

长大后，宗悫凭借高超的本领和过人的勇气，实现了他"乘长风破万里浪"的理想，做了将军，为国家立下许多战功。

——出自《宋书·宗悫传》

68. 赵绰冒死执法

赵绰（chuò）是隋代掌管刑罚的官员。他为人正直刚毅，断案公正无私。

当时有个刑部侍郎叫辛亶（dǎn），听说穿红裤子可以保佑人长久做官，于是上朝时偷偷把红裤子穿在官服里面。不料，此事被人

揭发。皇帝大怒，认为辛亶信奉巫术，就下令处死他。

赵绰接到命令后，对皇帝说："陛下，按照律法，辛亶的确有罪，但不至于处死。我不能执行这个命令。"

皇帝一听，很不高兴地说："你顾惜辛亶的小命，难道就不顾惜自己的性命吗？既然这样，我就成全你！"说完，命人将赵绰推出去斩首。赵绰高昂着头，不屈地说："陛下，您杀我可以，但不能杀辛亶！"

皇帝更加恼怒，立即命侍卫扒掉赵绰的官服，准备当场行刑。

这时，皇帝派人问赵绰是否后悔。赵绰依然坚定地说："我依法办案，无愧于心。为此而死，绝不后悔！"皇帝气得一甩袖子，下令杀掉赵绰，但由于百官求情，就将赵绰押入监牢，自己扭头走进屋里。过了许久，皇帝气消了，觉得赵绰说得在理，气消了大半，便下令放了他。

后来，皇帝十分赞赏赵绰冒死执法的精神，重重地奖赏了他。

——出自《隋书·赵绰传》

69. 敦煌戍卒史万岁

史万岁是隋代著名将领。他因为曾经参与过一桩谋反的事件，被发配到敦煌戍边，成为一名戍卒。

在边境上，史万岁从突厥人手中抢夺了很多牲畜，戍边将士和突厥人都知道史万岁勇武过人。后来，大将军窦荣定率兵进攻突厥，史万岁主动拜见他，要求为国效力。窦荣定很早就听过史万岁的名气，便将这位"敦煌戍卒"带在身边。

等到与突厥人交战时，窦荣定对突厥主帅说："士兵们没有罪过，何必让他们互相残杀呢？"突厥主帅很轻蔑地说："既然如此，

你们就放下兵器，下马投降吧！"窦荣定冷静地说："让我们投降也没那么容易。这样吧，我们各选一位勇士决斗，谁要输了，马上投降！"

"好！不过我手下勇士众多，你们必输无疑！"突厥主帅说完，便派出一员将领挑战。史万岁迫不及待地对窦荣定说："将军，我去杀了这个突厥人！"不等窦荣定回答，他就骑着马，抡起大刀冲了出去。

这时，双方鼓声阵阵，军士呐喊声直冲云霄。有个突厥士兵认出了史万岁，战战兢兢地说："这不就是那个有名的敦煌戍卒……"话没说完，只听史万岁大喝一声，已将出战的突厥将领斩于马下，并提着他的首级回到了隋军阵地。

这下，突厥主帅和士兵慌了，都不敢再向前挑战，只得请求议和，撤兵回去。从此，"敦煌戍卒史万岁"的名气更大了。

——出自《隋书·史万岁传》

70. 李元纮秉公办案

唐朝有个官员叫李元纮（hóng），曾担任雍州的司户参军，专门处理民事纠纷。当时，太平公主权势很大，官员们都看她的脸色行事。有一次，公主看上寺庙里的一盘石磨，就派人到寺里去抢。和尚们气不过，就告到了李元纮那里。

李元纮查明原委，当即写下一纸判书，要求太平公主把石磨还

给寺庙。雍州长史窦怀贞听说这件事后大吃一惊，立即亲自赶到李元纮的府上，对他说："你不要命了，居然敢得罪太平公主！她要是一发怒，你我的脑袋都得搬家。赶快把判决书改过来！"

李元纮不为所动地说："那石磨本来就是寺庙的，我没有判错，凭什么要改？"

窦怀贞又气又急，说："我不管石磨是谁的，反正你不能让太平公主把石磨还给寺庙。你要是不改，我今天就不走了！"说完，一把抓过旁边的纸笔，硬塞给李元纮。

李元纮面色沉稳地拿起笔，"刷刷"写了几个大字。窦怀贞一瞧，上面写着："南山可以移动，此判决不可改！"窦怀贞气得咬牙切齿，愤然离开了李府。最终，李元纮也没有退让，还是坚持了自己的判决。

——出自《旧唐书·李元纮传》

71. 刘感以死护城

唐代初年，刘感镇守泾（jīng）州，遭到军阀薛仁杲（gǎo）的围攻。城中粮食很快就吃完了，于是刘感杀掉自己的战马分给将士们，自己却连一块马肉也舍不得吃，只用马骨汤拌着木屑充饥。士兵们深受感动，更加坚定地追随刘将军。

城门就要被攻破时，长平王率援兵赶到，在城外与敌军厮杀。刘感见状，立即率军冲出城门。敌军腹背受敌，逃窜而去。杀红了眼的刘感贸然带兵追击，不幸中了敌军埋伏，一番拼杀之后，损失惨重，自己也被俘虏了。

薛仁杲对刘感说："你有两条路可选：第一，到城下告诉城中守军，援军已经全军覆没，让他们赶快投降，我可以饶你不死。第二，现在就杀了你。"刘感想了一下，说道："将军大名如雷贯耳，我愿追随将军，共成大业。"

于是，薛仁杲率兵再次包围泾州，示意刘感到城下劝降。刘感来到城下，冲着城头，突然大声喊道："逆贼粮草已尽，很快就支撑不住了。秦王正率领十万大军前来救援，守城将士不必担心。每个人都要恪尽职守，以死护城！"

薛仁杲听后大怒，赶忙派人把刘感抓起来，叫嚣道："你敢假投降，我要亲手宰了你！"然后，命人把刘感的腿埋在土里，射死了刘感。刘感没有丝毫畏惧，至死都破口大骂不止。

后来，唐高祖用高规格的礼仪祭奠刘感，追赠他为瀛州刺史，封平原郡公，谥（shì）号"忠壮"。

——出自《旧唐书·刘感传》

72. 守城忠魂

　　唐代天宝年间，"安史之乱"爆发。叛军一路南下，攻陷洛阳，很快就杀到常山城下。

　　叛军包围了常山城，为逼迫常山太守颜杲卿投降，就把他的儿子颜季明和族人押到阵前。颜杲卿不为所动，坚定地说："我颜家世代忠烈，随时准备为朝廷献身。"说完，大手一挥，城墙上万箭齐发，射向叛军。

　　叛军恼羞成怒，残忍地杀死了颜杲卿的儿子和族人，随即全力

攻城。虽然颜杲卿已经做足了准备，怎奈实力悬殊太大，最终城池失守，颜杲卿被五花大绑地押往洛阳。

一个肥头大耳的人来到颜杲卿面前，此人正是叛军首领安禄山。他见颜杲卿巍然不动地站着，任凭士兵怎么踢打就是不跪，恼羞成怒地说："你过去之所以能够做官，全凭我的举荐。没有我，你能做太守吗？没想到你不思图报，反而背叛我！"

颜杲卿听完，瞪大眼睛说道："我是大唐臣子，忠贞不二！难道你举荐了我，我就要和你一起叛乱吗？你这个下贱胚子，靠歪门邪道骗取天子的恩宠，却作乱天下，真是不仁不义，十恶不赦！"安禄山听后暴跳如雷，命令部下把颜杲卿残忍地杀害了。颜杲卿死前，依旧高昂着头颅，大骂不止。

后来，朝廷平定了"安史之乱"，为了表彰颜杲卿的忠义，特下诏书，追封他为"太子太保"。

——出自《旧唐书·颜杲卿传》

73. 老臣死节

唐代中期，淮西节度使李希烈叛乱，攻陷了汝州。宰相卢杞与颜真卿不和，就向皇帝建议说："颜真卿是太师，极有声望，如果派他去安抚李希烈，准能不战而胜。"皇帝同意了。颜真卿没有拒绝，毅然前往。

颜真卿一到汝州，刚开始宣读圣旨，李希烈就给他一个下马威：叛贼们拿着刀围了上来，不断威胁颜真卿，还谩骂唐朝皇帝和朝廷。颜真卿大声斥责道："你们都是朝廷的臣子，怎能这样无礼？"

李希烈知道颜真卿是当朝太师，声望极高，如果能得到他的辅佐，那将事半功倍，便趁机劝诱颜真卿归顺自己。颜真卿义正词严地说："你听说过颜常山没有？那就是我的兄长颜杲卿。安禄山反叛时，他第一个起兵讨伐。即使后来被俘，也大骂叛贼不止。我将近八十岁了，官做到太师，怎么会屈从于你们的胁迫？我将誓死捍卫名节！"

听完颜真卿的话，李希烈大怒，命人把他抓起来。颜真卿料到自己一定会死，便事先写好了遗书和祭文。

不久，李希烈称帝，派人问颜真卿该如何举行登基仪式。颜真卿说："我是曾经掌管国礼，不过，我只会置办正宗的登基仪式，你这个逆贼还不配！"李希烈更加恼怒，派人架起火堆，威胁他："你说不说？不说就烧死你！"颜真卿面不改色，纵身跳往火堆。李希烈未达到目的，忙派人拉住他。

后来，李希烈知道颜真卿不会为自己所用，就派宦官去加害他。颜真卿问："不知使者从哪里来？"宦官回答："从大梁来。"颜真卿一听，就知道是李希烈派来的，厉声骂道："原来是叛贼！"说完，就被宦官杀害了，享年七十六岁。

——出自《新唐书·颜真卿传》

74. 范仲淹竭忠直谏

宋仁宗即位时年纪还轻，朝政暂由章献太后代理。皇帝打算率领百官，在冬至日举行仪式，为太后祝贺。

范仲淹当时任职秘阁校理，负责校勘整理宫廷藏书，虽然官职低微，却有"先天下之忧而忧"的情怀。他认为此事不妥，准备据理上书。很多朋友都劝他，不要惹这个麻烦。他没有理会。

范仲淹面见仁宗说："听说您要率领百官在朝堂上向太后朝贺，我觉得不能这样做。"仁宗不耐烦地说："这是我的家事，你就不要过问了。"

范仲淹接着说："既然是家事，用家里的礼节就可以，不可用国礼朝贺。请皇上三思。"

仁宗大怒："你太过分了，竟敢教训我！再敢多言，我就贬你出京！"

范仲淹毫不退缩，依然坚持己见："家事用家礼，国事用国礼，以国礼代家礼，上不符合祖宗之法，下将招致民怨四起。"仁宗听后愤然离去。不几日，范仲淹便被调离京城，去河中府任职。

范仲淹的一生，多次因犯颜直谏而被贬，但他始终不顾个人得失，为国家竭忠尽智，成为朝廷栋梁。

——出自《宋史·范仲淹传》

75. 岳飞尽忠报国

南宋初年，金国屡屡南侵。为抵抗侵略，岳飞带领"岳家军"英勇作战，多次打退金国的进攻。朱仙镇之战，更是击败金军主力，收复了大片国土。庆功宴上，岳飞高兴地对部下说："有朝一日，直捣黄龙府，再与兄弟们痛饮！"正当南宋军民以为，收复中原指日可待时，宋高宗赵构连下十二道金牌，命岳飞班师回朝。岳飞无比愤慨："十年之功，毁于一旦！"

回到临安，岳飞被解除兵权；不久，又被诬陷谋反，抓进监狱。

原来，宰相秦桧怕岳飞兵权过重，功劳盖过自己，就向宋高宗进谗言，诬陷岳飞按兵不动，意图谋反。

宋高宗命何铸审问岳飞。公堂上，何铸问道："岳飞，你官居高位，怎么不想着带兵抗金，反而按兵不动？"岳飞回答："按兵不动？不久前，朱仙镇一战，我带兵打败金国百万大军，世人皆知啊！"

何铸又问："那你为什么要私通外国，意图谋反？"

岳飞怒不可遏，猛地转过身，撕裂上衣，岳母所刺"尽忠报国"四个大字，赫然入目，每个字都深入肌肤。

审到这里，何铸心里明白：岳飞没有罪，这将是本朝最大的冤案。如果说岳飞谋反，那天下还有忠臣吗？

可秦桧恨透了岳飞，就编造了一个"莫须有"的罪名，在风波亭把他杀害了。岳飞遇害前，在供状上写下"天日昭昭，天日昭昭"八个字。岳飞去世后，人们为纪念他保家卫国的丰功伟绩，为他建立了岳王庙。他也成为历史上著名的抗金英雄。

——出自《宋史·岳飞传》

76. 辛弃疾虎口擒凶

公元 1127 年，南宋建立。留在北方抗金的义军首领耿京，派辛弃疾前往临安联络朝廷。

辛弃疾完成使命归来，得知耿京被张安国杀害，十分震怒："张安国杀害主帅，叛国投敌，我定要为国除害！"有人劝他："金兵大营有五万重兵把守。将军此去，无异于从老虎嘴里拔牙，恐怕凶多吉少！"

辛弃疾坚定地说："为了国家，即使牺牲性命，我也在所不惜！"

趁着夜色，辛弃疾率领五十名义军士兵，来到金兵营帐外。他对看守的金兵说："我是张安国将军的朋友，他家中有事，特来通报。"此时，加官进爵的张安国，正得意地与金军将领饮酒。听到士兵禀报，张安国脑中一闪："是否有诈？"但他想到这是金兵大营，便放心地走出帐外。

看到张安国，辛弃疾一个箭步冲上前去，把他撂倒在地。义军士兵一拥而上，将张安国捆绑起来，放到马背上。众人一路狂奔，直冲南宋都城而去。

张安国被抓走后，金兵穷追不舍。辛弃疾等人边打边撤，几度身陷绝境。张安国趁机劝说辛弃疾："辛兄，只要你放过我，我一定向金人举荐你，保你荣华富贵享用不尽！"辛弃疾厉声大骂："你这个无耻的叛贼！我是大宋的臣子，宁死也不会像你一样当卖国贼！"经过不懈奋战，辛弃疾一行终于脱险。

对于这次擒拿张安国之事，辛弃疾一生都引以为豪。后来，他的《鹧鸪天·壮岁旌旗拥万夫》词，有"燕兵夜娖银胡觮，汉箭朝飞金仆姑"一句，就是对自己当年远道奔袭、生擒叛徒的美好回忆。

——出自《宋史·辛弃疾传》

77. 李显忠诈降归宋

南宋初年，金兵入侵延安，李显忠随父率兵抵抗，不幸兵败被俘，被迫投降。父亲对显忠说："我家世代为大宋臣子，怎能真的投降？以后如果有机会，一定要回归大宋！"

几年以后，凭着出众的才略，李显忠深获金人信任，被委任管理同州。他一面秘密派人联络宋朝，商议回归之事，一面召集部将说："当初诈降，在敌营忍辱负重就是为了今日的回归！"部下们这才明白投降的原因，纷纷表示：拼死一搏，杀回大宋！

此时，金兵元帅撒里喝巡视同州。李显忠率兵冲入大帐，抓住了撒里喝。撒里喝大惊："李显忠，你要谋反吗？"李显忠义正词严地说："我身为宋臣，难道会真的投降吗？"说完，将撒里喝捆缚上马，一路向南，直奔南宋。金人立马派大军追击，并挟持李显忠的父亲及家人。追到一座山上，金人大叫："放下撒将军，否则将你全家人处死。"李显忠含泪望着父亲，毅然说道："父亲，孩儿不孝，身为将领，只能舍家为国！"说完，一把将撒里喝推落悬崖。金人大怒，把李显忠的家人全都杀了。

李显忠历尽千难万险，杀出重围，终于回到南宋。南宋皇帝对他身陷敌营、依旧不忘故国的壮举非常赞赏。"显忠"的名字就是由此而来。

——出自《宋史·李显忠传》

78. 李庭芝六拒劝降

南宋末年，元军渡过长江，进逼扬州，知府李庭芝率部下坚守抗敌。

元军久攻不下，于是派遣降将李虎带招降榜进城劝降。李庭芝果断拒绝，当场斩杀李虎，烧掉招降榜。他的部下张俊也因劝降被处死。

这时，有人向元军统帅献计："不如让被抓的宋朝皇太后发谕旨，命令李庭芝投降。"李庭芝收到谕旨后，不禁老泪纵横，说："自古以来，做臣子的，只听说过奉命守城，没听说过奉旨投降的。"

说完，斩杀来使，并拒绝投降。没过几天，南宋太后和皇帝又发来谕旨，李庭芝依然不投降。

扬州城迟迟打不下来，元朝皇帝忽必烈也急了，他派遣使者带诏书去劝降。使者对李庭芝说："李将军，我大元朝一统天下，南宋皇帝已经成为阶下囚。现在，扬州被我军重重围困，我知道城中粮草已尽，兵力紧缺，您又何必苦苦死守呢？只要您愿意归顺，大元皇帝保证让您高官厚禄享用不尽！"李庭芝怒斥道："扬州将士只要还有一口气，就会和你们血战到底！我生为宋臣，死为宋鬼，让我投降蛮夷，你得问问我手中这把钢刀答不答应！"说完，亲手杀了使者，当众烧毁诏书。

没过几天，忽必烈又派使者劝降。使者还没来得及入城，就被李庭芝弯弓搭箭，当场射杀了。忽必烈暴怒，继续增加兵力，猛烈攻城，但最终也没攻下。

后来，李庭芝前往泰州共商反元大计，没想到副使朱焕卖国投敌，把坚守两年多的扬州城拱手送给敌人。李庭芝也在泰州被元军俘获，押回扬州斩首，扬州百姓无不痛哭流涕。

——出自《宋史·李庭芝传》

79. 文天祥从容赴死

公元 1278 年，元将张弘范率军进逼潮阳。在潮阳坚持抵抗元军的文天祥，不幸兵败被俘。

元兵将文天祥押到张弘范面前，命他跪下。文天祥昂首挺胸，拒不下跪。张弘范对文天祥说："宋朝已经灭亡，你的忠孝节义都做到了。如果你能归顺我朝，就可以继续做中书宰相。"文天祥流着泪说："我是大宋宰相，不能挽救国家危亡，已是死罪，怎么能叛国投敌，苟且偷生呢？"

张弘范见他不屈服，便说："那你帮我写封信，招降张世杰。"文天祥接过笔，写了首《过零丁洋》，最后两句是"人生自古谁无死，留取丹心照汗青"。张弘范读后，十分恼怒，把他押送到京城。

元世祖爱惜文大祥的才名，还是想招降他，并许诺高官厚禄任他挑选。文天祥不为所动，依然坚定地说："我别无所求，只愿一死！"

元朝大臣见文天祥不识抬举，纷纷向元世祖上书，请求杀掉他。元世祖只好同意了。

刑场上，围观的人群里三层外三层，都争相目睹文天祥的风采。只见他神态自然，意志不屈，仿佛被杀的人不是他。临刑前，文天祥问人们："哪边是南方？"有人指了指方向，他向南方故国拜了两拜，说："我的生命随着祖国而去，我死而无憾！"然后从容就义。

——出自《宋史·文天祥传》

80. 李芾忠烈殉国

南宋末年，元军南下，李芾（fú）因起兵援救皇帝有功，被任命为潭州知州。

不久，元军包围潭州，潭州城危在旦夕。眼看着守城将士一个个死去，有的人产生了投降的念头。李芾大声叱（chì）骂："养兵

千日，用兵一时。谁敢再说一个'降'字，我就杀了他！"

此时，潭州城内已没有粮食、弓箭，兵卒也不足千人，但士兵们都忍着饥饿，拼死抵抗。李芾对部下沈忠说："目前来看，城破已不可避免。"沈忠听后说道："将军不要担心，我已让人备好快马，请您携带妻儿，速速出城。"

李芾听后，怒目圆睁地说："我是抱着必死之心来的，守城之将怎能逃跑！"

"将军，即使您不愿离开，也不能不管您的家人呀。"沈忠请求道。

李芾沉默了一会儿，郑重地说："沈忠，我正有一事相求。城破后，为使家人免遭侮辱，你把他们全部杀掉，再杀了我！"

沈忠一听，"扑通"跪在地上，哭着说："将军，这万万不可呀！请快随我出城吧。"李芾严厉起来："沈忠，你要违抗军令吗？快去执行！"

城破后，沈忠含泪执行李芾的命令，而后自杀。

朝廷得知李芾的事迹后，追封他"忠节"的称号，以褒奖他忠贞爱国的节操。

——出自《宋史·李芾传》